船舶特攻の沖縄戦と捕虜記

深沢敬次郎

元就出版社

第２戦隊第３中隊の面々

海上挺身隊員が搭乗していた「マルレ」

座間味村役場（３月26日）

屋嘉収容所（６月下旬）

まえがき

私の終戦記念日は、昭和二十年八月二十三日である。

あれから半世紀以上が経過しているが、戦闘や捕虜の体験はいまだ脳裏から消えることがない。沖縄戦の文献はたくさん出回っているが、ほとんどが本島に関するものであり、慶良間列島の戦いについて書かれたものはいたって少ない。いままでに戦争の体験記を書いたことはあるが、手持ちの資料といえば収容所でつけておいたノートのみであり、書かれたものは小冊子にとどまっている。

イラク戦争がはじまると、戦争について特別の関心をいだくようになったが、納得できないコメントを耳にすることがあった。戦争を経験していない人たちの話だから無理はないと思ったが、戦争を体験したからといってわかるというものでもない。軍隊は秘密にされている事項が多く、実権をにぎっているのは一握りの高官にすぎず、命令を下している上官だって命令されて動いており、兵隊ともなるとロボットみたいに動かされているだけであった。

戦争の体験者は徐々に少なくなっており、いまのうちに体験記を書いておかなければ、という気持ちがますます強くなってきた。図書館や古書店をめぐって資料を探し、それらに目を通しているうちに当時の記憶が徐々によみがえってきた。あやふやな点が少ないだけでなく、身近に起こった出来事さえつまびらかにできないもどかしさを感じたが、どうしても後世の人たちに伝えたいと思ってあえて書くことにした。

昭和十八年十二月八日、太平洋戦争がはじまると戦線は拡大の一途をたどり、若者がつぎつぎに軍需工場や戦場へ送られた。私は十八歳のときに軍人を志願し、陸軍船舶兵特別幹部候補生となったが、「海上艇身隊」が発足すると否応なしに組み込まれた。ベニヤ板の小さな舟艇に百二十キロの二個の爆雷を積み込み、敵の艦船を撃沈する任務を与えられ、慶良間列島の阿《あ》嘉島《かじま》に派遣された。

慶良間列島は沖縄本島の西方約三十五キロのところにあり、いまはスキューバー・ダイビングや海水浴のメッカになっている。渡嘉敷島や座間味島の集団自決について書かれたものはあるが、阿嘉島で戦闘があったことを知っている者はいたって少ない。アメリカ軍が最初に上陸したのが阿嘉島であることは、アメリカ軍の資料によって明らかにされている。

慶良間列島で軍隊が駐屯していたのは渡嘉敷、座間味、阿嘉、慶留間の四つの島であったが、集団自決がなかったのが阿嘉島だけであった。それだけでなく、戦争中に阿嘉島の司令官とアメリカ軍の慶良間方面の司令官との間で休戦協定が結ばれているが、これだって一部のメディアで取り上げられただけである。

アメリカ軍の激しい砲爆撃は三月二十三日から開始され、舟艇が破壊されたために出撃が不可能な状況になってしまった。二十六日には戦車を先頭にして上陸してきたが、わが方には太刀打ちできる武器はなく、真夜中の斬り込みを実施したために多数の死傷者を出した。

食糧倉庫も焼かれたためにひもじい生活を余儀なくされ、一日分の乾パンを三日で食べたり、桑やツワブキの葉の雑炊などで命をつないだ。島の食糧はすべて軍の管理下におかれるようになり、無断で草木を採取した者は処刑するとの布告が出された。

休戦協定が結ばれると、島民や朝鮮人の軍夫たちはアメリカ軍に投降していった。島に残った兵隊は飢えと戦っていたが、栄養失調やマラリアで倒れる者が出るようになると、投降する兵隊が後を絶たなくなった。「死して虜囚《りよしゆう》としての辱《はずかし》めを受けず」と考えていた兵隊は、餓死と戦争の終結とどちらが先になるか、そんなことを考えながらむなしい日々をすごしていった。

真夏の暑い太陽の下で虱《しらみ》とりをしていたとき、アメリカの小型機がたくさんのビラをまいていった。力なく拾った一枚のビラには、「日本軍が全面的に降伏したから武器を捨てて出てきて下さい」とあった。このときになっても、敵の謀略だといっていた兵隊がいたが、戦争が終わったことを実感せずにはいられなかった。餓死寸前になっていた体は心まで衰弱しきっており、戦争が終わったことを知ったときも何の感慨もなかった。

バリケードに囲われた座間味収容所に入れられると、裸にされて頭からDDTを振りかけられた。「PW」のマークのついた服を着せられ、マラリアの予防薬のキニーネを渡されたが、毒殺を恐れていたから飲むことができない。アメリカ軍の脂ぎった食事に拒否反応を示し、空腹なのに食べられないというおかしな現象が起こった。

慶留間《げるま》島での遺骨の収集を終えて屋嘉収容所に移ると、旧日本軍の組織は完全に崩壊していることを知った。収容所の要職を占めていたのは、戦争中に捕虜になった人たちであり、朝鮮人は特別扱いされるようになった。われわれの戦隊長の野田少佐は、軍夫を処刑したとして朝鮮人から仕返しをされたというし、かつての上官が部下に殴られるのを目の当たりにしたりした。捕虜になったショックで自殺をしたり、栄養失調のために病院で命を失った仲間もおり、それらのことが他人事とは思えなかった。

収容所の広場に劇場が建ち、週末になると捕虜によってさまざまな演劇が上演されるようになった。トランプを利用した賭博もさかんに行われ、あっちこっちのテントが鉄火場みたいになっていた。二か月ほどして体力が回復すると強制労働に従事するようになり、あっちこっちの部隊に派遣されて土木作業などに従事した。多くの捕虜が敵愾心《てきがいしん》を引きずっていたし、軍事基地の建設に反対の気持ちが強かったからサボタージュをし、戦果を上げるといって盗みをしては、たくみにMPの身体検査をのがれていた。

巡視にやってきた黒人の連隊長に話しかけられたり、空軍司令官の官舎の作業では、片言の英語で中将と打ち合せをしたりした。戦争をスポーツのように考えている兵隊がいるかと思うと、捕虜のキャッチボールの球拾いをしてくれた将校がいた。びっくりさせられたのは、広島や長崎に原子爆弾を投下した責任者を国際裁判にかけろ、といっていた将校がいたことだった。

戦時中、日本では英語を排斥していたが、アメリカ軍では、日本のことを知るために日本語学校を設けたという。卒業して情報将校となったという若い男は、日本語でいろいろのことを話してくれた。「日本では、代議士や校長になったから偉いというが、アメリカでは立派な人でないと政治家にも教育者にもなることができないんですよ。母親が子どもをしかるときだって、日本では、何々をしてはいけませんというが、アメリカでは、お母さんならそのようにはしませんよ、というんですよ」といっていた。

多くのアメリカの将兵に接しているうちに、アメリカでは自主性を育てることに重点がおかれており、日本では、命令や規則を守るように子どものころからしつけられていることがわかった。

鉄柵に囲われた一年三か月間の収容所生活は、とてつもなく長いものに感じられた。働いても収入が得られず、名誉もなければ地位もなく、恥も外聞もない裸の生活を余儀なくされていた。「日本の軍隊は鉄柵のない牢獄だが、捕虜収容所は鉄柵に囲われた自由の獄舎だった」といっていた捕虜がいたが、私にとって捕虜生活は貴重な体験となった。

沖縄に向かったのが昭和十九年十一月三日であったが、二年後のこの日に復員することになった。名古屋の港についたとき、強制労働の報酬として二百余円を受け取ったが、これだけの金があれば数か月間の生活ができると思ってしまった。おみやげを買うために駅裏の闇市にいったところ、一個の煙草《たばこ》が五十円で売られており、経済感覚にずれのあることがわかった。

就職難のためにやむなく巡査になったが、闇米を食べなければ生きられないのに取り締まりをしなければならなかった。山の中の小さな警察署に転勤になると、映画館や図書館などの娯楽施設はまったくなく、退屈をまぎらすために読書会に入った。会員にすすめられて一冊の本を読んだとき、全身がふるえるほどの感動を覚え、捜査のために別荘を訪れ、著名な学者や作家の話を聞く機会にめぐまれると、読書にいっそうの拍車がかかった。

その後、都市の警察署に移って留置場の看守となったとき、選挙違反で村長さんが留置されてきた。それまではすべての留置人を呼び捨てにしていたが、年配の村長さんを呼び捨てにすることはできず、その後はすべての被疑者に「さん」をつけて呼ぶことにした。これも、アメリカ軍の連隊長や司令官から、一人の人間として取り扱われた経験のたまものかもしれない。

いつしか、「私の人生は付録みたいなものだ」と考えるようになり、マイペースの生き方をすることにした。定年が近づいてきたとき、満足に休むことがなかった身と心を休めることにし、早期に退職した。はっきりしたプログラムがなかったため、テレビを見たり、読書などをしていたが、だんだんと物足りなさを覚えるようになった。日記帳やスクラップの整理をしながら原稿を書きはじめたが、三日坊主に終わることもなくいつまでもつづいた。本になるなんて考えていなかったのに、私のことが新聞で紹介されると、地元のあさを社から「捜査うらばなし」として出版され、それが親本となって中央公論社の文庫本になった。

いままでに警察に関する本を出すことができたが、今回、多くの人の協力によって戦記を書き上げることができた。軍隊や戦争や捕虜の体験が得がたいものであったが、読書をつづけることができたことも原稿を書く大きな要素になっているようだ。警察官としてすごした三十五年の間、さまざまな人に接してきたが、教えられることなんかないと思っていた犯罪者から、貴重な体験を聞かせてもらうことができた。報告書や供述調書などの捜査書類を作成するとき、真実をわかりやすく伝えることを心がけてきたが、これらも原稿を書くうえに役立ったような気がする

先年、阿嘉小学校創立百周年記念祝典があり、当時の兵隊や遺族が何人も招待された。戦闘がはじまる直前、国民学校を兵舎に使用したことがあり、終戦後に小学校に図書を寄贈するなどしたため、同窓生と同じ扱いをしてくれたことがわかった。このときも一緒に戦った人たちと話し合うことができたが、いつも忘れることができないのが戦争で亡くなった人たちのことであった。

私たち第一期船舶兵特別幹部候補生は千八百九十名が卒業しているが、そのうちの千百八十五名が戦病死したといわれている。出撃して武勲をあげたのは一部にすぎず、ほとんどがフィリピンや沖縄で戦死したり、戦場へ向かう途中に輸送船が撃沈されるという憂き目にあっている。海軍の特攻機の活躍はいまも語り草となっているが、船舶特攻は世の中から忘れ去られたようなな存在になっている。ほとんどが二十歳未満で亡くなっており、生き残った者がそれらを語り伝えていく義務があるような気がしてならない。

どんなに愚かな戦争であっても、正義とか正当防衛という名の下で正当化されてしまう危険がある。負けることがわかってきても、たとえ泥沼化しても、始めてしまうと容易に後に引くことができなくなってしまうらしい。「勝てば官軍、負ければ賊軍」ということわざがあるが、正義であるかどうか、だれがどのように判断するというのだろうか。

この「船舶特攻の沖縄戦と捕虜記」は、昭和十九年四月に軍人になり、昭和二十一年十一月に復員するまでの二年七か月間の体験記である。何度も死の危険にさらされ、餓死寸前でアメリカ軍の捕虜になった一兵士の物語として読んでいただけたら幸いです。

二〇〇四年四月

著　者

船舶特攻の沖縄戦と捕虜記——目次

第二章——戦闘　93

第三章——捕虜 182

写真提供・深沢敬次郎

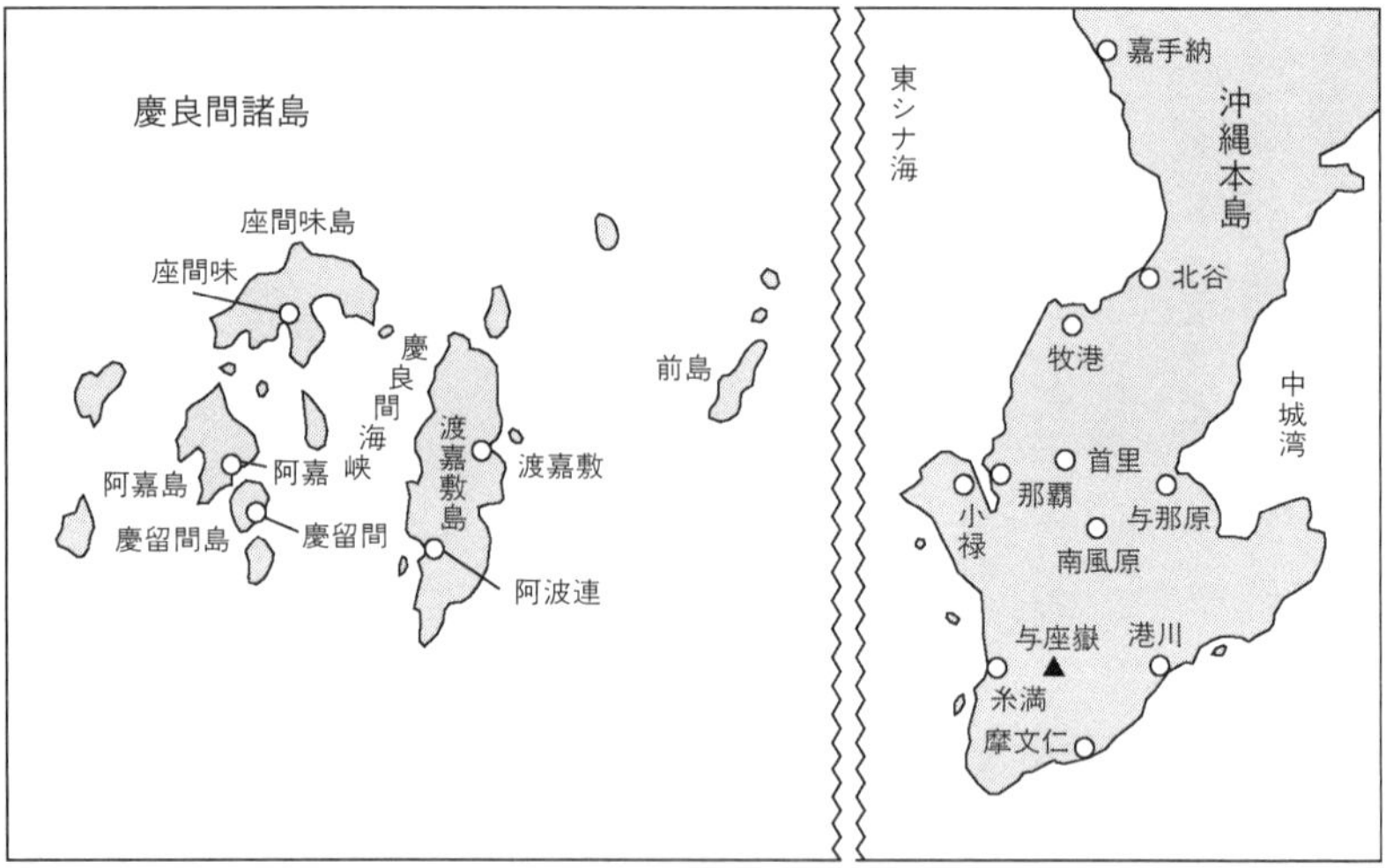

沖縄本島・慶良間諸島位置関係要図

船舶特攻の沖縄戦と捕虜記

第一章――軍隊

①　少年時代

交通事故で夫を亡くした母親と、妻に先立たれた父親とが再婚し、私たち三人の兄弟が生まれた。その母親も私が六歳のときに病死したため、父親が八人の兄・姉・弟を育てることになった。農繁期に学校が休みになると、兄や姉とともに農作業や炊事の手伝いをしたり、馬やにわとりの世話などをした。ご馳走にありついたのは祝い事や正月などに限られており、めったに白米を食べることができなかった。にわとりを飼っていても卵を食べることができなかったのは、これらが現金に換えられていたからであった。

子どものときから大人と将棋をしていたが、もっともたのしかったのは、東京に就職した兄から送られてきた少年倶楽部を読むことであった。

昭和七年四月、京ヶ島尋常小学校に入学したが、三年生からは男女別学となった。小学国語読本には、「ススメ　ススメ　ヘイタイ　ススメ」と載《の》っており、尋常小学校修身書には、「テンノウヘイカバンザイ」とか、「キグチコヘイハ　テキノタマニアタリマシタガシンデモ　クチカララッパヲハナシマセンデシタ」とあった。

日清・日露の戦争で乃木大将や東郷元帥の活躍ぶりを聞かされ、忠君愛国の精神を植えつけられたため、男子生徒の多くが軍人にあこがれるようになった。竹製の機関銃や刀などの武器をつくったり、敵と味方に分かれて〝戦争ごっこ〟という遊びをしたりした。

小学生のときに二・二六事件が発生したが、支那事変がはじまってから戦争を意識するようになった。日本軍が快進撃をつづけて首都の南京を陥《おとしい》れると、全国各地で盛大な提灯《ちょうちん》行列が行われ、ますます戦争が謳歌《おうか》されるようになった。

昭和十三年四月、私が商業学校に進学した年に国家総動員法が公布され、すべての国民が戦争に協力せざるをえなくなった。「贅沢《ぜいたく》は敵だ」とか、「欲しがりません勝つまでは」が合い言葉になり、耐乏生活を強いられて木綿の制服が化繊のステープル・ファイバーにとって代わられた。

戦線が拡大して兵隊がつぎつぎに支那大陸に送り出されると、子どもまで「銃後の少国民」といわれるようになった。労働力の不足をおぎなうために工場や農村の手伝いをさせられるようになり、「出征兵士を送る歌」を歌っては、戦地に向かう兵隊を見送った。手柄をたてると金鵄《きんし》勲章が贈られ、戦死すると白木の箱に入れられて帰還し、大勢の人の出迎えを受けて英雄視されるようになった。

　軍人をたたえる軍歌がひんぱんに歌われるようになり、戦争に協力しないと「非国民」としてつまはじきされた。いつしか「戦争は聖戦、戦死は名誉」という風潮が生まれ、すべての国民が戦争に協力せざるを得なくなった。

　学校への登下校時には、校門の入口にあった奉安殿の前で最敬礼をして天皇陛下への忠節を誓うようになった。「早く大きくなって兵隊になり、天皇の赤子《せきし》となって死をもって国に奉公しよう」というのが、日常の会話にさえなっていた。

　学校に現役将校が配属され、本格的に軍事教練が行われ、地元の軍隊に体験入隊をさせられたりした。小銃の実弾射撃をさせられたり、陸軍の特別演習に参加させられるなど、学生も軍隊の予備軍化していった。

　昭和十五年、皇紀二六〇〇年の記念行事が盛大に行われ、日本を中心にした大東亜の秩序を建設する方針が打ち出された。「八紘一宇《はっこういちう》」とか、「大東亜共栄圏」という言葉がしきりに使われるようになると、アジアの植民地の開放に乗り出し、フランス領インドシナに進駐するようになった。これまでは憎むべき存在になっていたのに、支那と仲よく暮らそうとする軍歌が歌われるようになり、歌によって世相が左右されるようになった。

　昭和十六年一月、陸軍大臣東条英機から全軍に対して「戦陣訓」が通達され、戦場へのぞむ兵士の心得がしめされた。その年の十二月八日、「帝国陸海軍は、本八日未明、西太平洋において、アメリカ、イギリス軍と戦闘状態に入れり」との臨時ニュースによって大東亜戦争に突入したことを知った。

日本軍は、アメリカやイギリスなどの領土となっていたマレーシアやインドネシナなどをつぎつぎと席捲《せっけん》していった。ラジオは正規の番組をしばしば中断して臨時ニュースを流しては日本軍の戦果を伝えていた。昭和十七年一月にはマニラを占領し、二月にはイギリスの重要な軍事基地の一つであるシンガポールを占領した。このとき、山下奉文中将がイギリス軍の司令官と会談し、「イエスかノーか」と問いつめたことが、当時は語り草になっていた。

連戦連勝をつづけていた日本の陸海軍も、昭和十七年六月のミッドウェー海戦で大敗すると、ずるずると後退するようになった。この年に学校が繰り上げ卒業になると、私は都内の軍需工場に就職して兵器生産の一翼を担《にな》うことになった。

敵性外来語廃止の機運が高まり、音階名のドレミファソラシドがハニホヘトイロハとなり、雑誌名についても「サンデー毎日」が「週刊毎日」に、スポーツ名については「ラグビー」は「闘球」に、「ゴルフ」は「杖球」に、野球用語についても「ストライク」が「よし」、「ボール」は「だめ」などと改名呼称されるようになった。

昭和十八年二月、日本軍はガダルカナルからの撤退を余儀なくされたが、「退却」とか、「負ける」という言葉がタブーになっていたため、転進という言葉が使われていた。

アッツ島やタラワ島の守備隊が相次いで玉砕し、戦局が厳しくなると大学生の徴兵延期が打ち切られた。中等学校も繰り上げ卒業になり、徴兵年齢は引き下げになるなど、若者はつぎつぎに職場や戦場に送り出されるようになった。私は都内の軍需工場で兵器の生産に従事していたが、だんだんといたたまれないような気にさせられて軍人を志願することにした。

②　軍人志願

徴兵検査を受けて軍人になると、二等兵から一等兵、上等兵、兵長と一階級ずつ上がっていき、伍長になるまでに数年を要するといわれていた。それだけでなく、初年兵は次の兵隊がやってくるまで最下級の二等兵であり、古参兵からいじめられるのを体験入隊したときから知っていた。軍需工場で働いていたとき、友人から「新兵で入ってしごかれるより、特別幹部候補生のほうがいいんじゃないか」と誘われて受験した。友人は身体検査で落とされてしまったが、私は四国の豊浜にあった陸軍船舶兵特別幹部候補生隊に入隊することになった。

昭和十九年四月十日、広島県の宇品港に集合すると、輸送船で豊浜の沖まで運ばれ、上陸用の舟艇によって部隊までピストン輸送がなされた。営庭は広かったものの、兵舎は紡績工場を改造したお粗末なものであり、さっそく、軍服や帽子や靴や下着などが支給された。

「帽子が小さすぎるので取り替えていただけませんか」

「ここは軍隊なんだぞ。服が合わなきゃ、体を合わせるようにしろ。帽子が小さけりゃ、広げりゃいいんだ」

このように怒鳴られたが、それでも取り替えなければならない者もいた。

長い兵舎の両側には二段ベッドがずらりと並んでおり、一貫番号がつけられていた。棚には毛布などの寝具が並べてあり、小さな袋には身の回り品やハサミや糸やナイフなどが入っていた。

名前を記入することを「注記《ちゅうき》」といい、下着だって「襦袢《じゅばん》」、「袴下《こした》」、ゲートルも「脚絆《きゃはん》」といい、すべて軍隊用語を用いることになった。初めて針と糸を手にした候補生が多かったが、襟《えり》に一等兵の階級章と座金《ざがね》をつけ、胸章をつけた新しい軍服を身につけると、みんな軍人らしくなった。

就寝から起床まで、すべてがラッパの合図によって行動することになっていた。ラッパにはたくさんの種類があって覚えにくいため、消灯ラッパは、「新兵さんはかわいそうだね、また寝て泣くのかよ」となり、起床ラッパは、「起きろよ起きろ、みな起きろ、起きないと班長さんに叱られる」となっていた。点呼のラッパはあわただしく聞こえるため、「点呼だ、点呼だ、点呼だ」といい、食事のときに鳴るラッパは、「かっこめ、かっこめ」という覚え方をした。

起床ラッパが鳴ってから点呼まで五分間しかなく、その間に寝具の整理整頓をし、用便や洗面をしなければならなかった。点呼から戻ってくると、寝具がぐずぐずに崩されていたり、枕カバーが汚れていると、チョークで金魚の絵が描かれたりしていた。きちんと整理しておけとか、洗濯しておけとの意思表示であったが、毛布をきちんとたたむことだって、金魚の絵を落とすことだって、慣れていなかったから容易ではなかった。

食事当番につくと、百メートルほど離れた炊事場まで受領にいき、飯や汁などが入った重いバケツをぶら下げて戻った。汁にも魚が入っていたが野菜は極端に少なく、できるだけ平等に配膳を心がけていたが、うまくいかない。班長の許可を受け、「食事はじめ」の号令によっていっせいに食事をはじめたが、午後一時の訓練の開始までにすべての後片付けをしなければならなかった。

宿舎から一歩でも出ると外出扱いになっており、便所にいくときも軍服を着て帽子を被《かぶ》らなければならない。不寝番に、「第三班　深沢候補生、厠《かわや》に行って参ります」とあいさつをし、便所から戻ると、「第三班　深沢候補生　厠より戻りました」と申告することになっていた。どんなに急いでいるときであっても、服装を整えなければ宿舎の外には出られず、我慢できるギリギリまで待つこともあった。

入隊してから一日の休みも与えられず、起床から就寝まで休みなしの訓練が行われた。最初に行われたのが、歩兵操典にあった「不動の姿勢」であった。

「不動ノ姿勢ハ軍人基本ノ姿勢ナリ、故ニ常ニ軍人精神内ニ充実シ、外厳粛端正ナラザルベカラズ」

教官がこのように読み上げると、みんなが復誦《ふくしょう》した。不動の姿勢については、左右の足のかかとを一線上にそろえて六十度に開いて均一に外に向け、口を閉じて眼は前方を直視し、ひじやひざについても規定されていた。これを一瞬のうちにやらなければならず、きちんと指先が伸びていないとたたかれ、かかとが揃っていないと蹴られたりした。「休め」の号令がかかっても、左足を半歩左前に出すように決められていたから、休んだ気分にはなれない。

つぎに、「右向け右」とか「回れ右」などとなったが、間違えて左に向いたりすると、「右と左がわからないのか」と遠慮会釈もなく罵声《ばせい》が浴びせられた。

基本訓練が終了すると、部隊教練に移った。「集まれ」の号令によって六十名が横二列に並んだが、前後や横との間隔が一定になっていなかったり、直線的に並ぶことができないと何度もやり直しをさせられた。行進するときだって一歩が七十五センチ、一分間に百十四歩と決められており、駆け足は約八十五センチで約百七十歩となっていたが、身長に差があったから不揃いになりがちであった。

軍人精神をたたき込むためと称し、「軍人勅諭」を暗誦させられた。長文であるうえに難解であったため、覚えることができたのは最初の部分と五か条だけであった。

「我国の軍隊は世々天皇の統率し給ふ所にそある。昔神武天皇躬《み》つから大伴物部の兵《つわもの》ともを率ゐ中国のまつろはぬものどもを討ち平げ給ひ高御座《たかみくら》に即《つ》かせられて天下しろしめ給ひしより二千五百有余年を経ぬ…（略）…汝等皆其の職を守り朕《ちん》と一心になりて力を国家の保護に尽くさんは我国の蒼生は永く太平の福を受け我国の威烈は大に世界の光華ともなりぬへし朕斯《ちんかく》も深く汝等軍人に望むなれは猶《なお》訓諭すへき事こそあれいてや之を左に述へむ」

一、軍人は忠節を尽くすを本分とすべし

一、軍人は礼儀を正しくすべし

一、軍人は武勇を尚《とうと》ぶべし
一、軍人は信義を重んずべし
一、軍人は質素を旨とすべし

この五か条については、毎朝、いっせいに唱和させられた。

軍人の礼法については、陸軍礼式令によって定められていた。

「礼式の本義は、軍人をして起居礼儀に関する勅諭の旨を体し、衷心より上下の階級を尊重し、服従の真諦を会得せしめ、もって軍規を確立し、軍をして天皇親率の実を具現せしめるにあり」

敬礼の方法も室内と室外とは異なっており、上級者に敬礼をすると、上級者は答礼することになっていた。軍隊にあっては階級が絶対的であり、同じ階級であっても先任者の命令に従わなければならず、個人で判断して行動することは許されなかった。

「上官の命令は、朕の命令と心得よ」

このような方針がとられていたから、黒を白といわれても、上官の命令には絶対に服従しなければならなかった。制度上は意見具申ができることになっていたが、迂闊《うかつ》に意見を言おうものなら反抗していると見なされ、私的制裁を受けるのが落ちであった。

命令されたことはすべて復唱し、間違えると何度もやり直しをさせられたが、ひどいなまりのある候補生が復唱したとき、上官が面食らったという一幕もあった。

このようにしてすべてが型にはめられた訓練になっており、まるでロボットの養成所みたいであった。

入隊する前にどんな生活をしていたかわからないが、軍隊に入ったために食器洗い、兵器の手入れ、靴みがき、兵舎の清掃、入浴、洗濯、被服の修繕などすべてしなければならなかった。間違うと怒鳴られてしまったが、教えることはめったにしなかったために、見よう見まねでやっていくしかなかった。

ノートを渡されて日記をつけることになったが、同じようなくり返しになっていた。「一日一善」を実行することを求められたが、規則にしばられていたから、それにも限度があった。

当番につくと、班長の身の回りの世話をしなければならなかった。上官にすれ違うたびに敬礼をし、部隊長や中隊長などの直属上官ともなると、はるかかなたに見えると挙手の敬礼をした。割り当てられた不寝番にもつかなければならず、自由の時間は床に入ったときだけといっても過言ではない。

毎日のように歌っていたのが「船舶兵の歌」であった。

一、暁映ゆる瀬戸の海　昇る旭日の島影に
　忍ぶ神武の御軍《みいくさ》や　五條の命　かしこみて
　つわもの我等海の子は　水漬《みづ》く屍《かばね》と身を捧ぐ

ああ忠烈の船舶隊
二、海浪風波荒るるとも　爆撃雷撃しげくとも
ただ黙々と進み行く　奇襲に勇む　鉄舟軍
水際に挙る勝鬨《かちどき》や　上陸戦は吾にあり
ああ勇壮の船舶隊

初めは歌詞の意味がよくわからなかったが、繰り返し歌っているうちに、だんだんとその気にさせられてきた。

体力の測定のため、定期的に体力検定が行われていた。基準になっていたのが、懸垂は十三回、百メートル競争が十三秒、幅飛びが五メートル、手榴弾投擲《てりゅうだんとうてき》が五十五メートル、土嚢《どのう》運搬の百メートル競争が三十二秒となっていた。訓練を重ねていても、距離を伸ばしたり時間を短縮することができず、基準に到達するための努力がなされた。

九九式の歩兵銃が授与され、小銃を所持したときの訓練が行われるようになった。三つの銃を組み合わせて立てかけたり、銃口を磨いたり、実弾による射撃訓練も行われるようになった。早いうちに起こされて射撃場まで歩いていき、二百メートル先にある標的に向かって五発ずつ撃つことになった。

「暗夜に霜の降るごとく静かに引き鉄《がね》を引け」

教官からこのように教えられたとき、戦場でこのようにゆっくりと撃てることができるか疑

問に思ってしまった。みんなが教えられたとおりにやったと思われたが、満点近い成績を上げた者もいれば零点という者もおり、技術に大きな差があることがわかった。

広場に集められて手旗信号の訓練がはじまった。赤と白の手旗を手にし、上下、左右、斜めにし、相手から読みやすいようにカタカナで文字をつくった。海上に出たとき、遠いところでも連絡がとれるという訓練であったが、訓練を重ねているうちに送信や受信をすることができるようになった。

ところが、モールス符号になるとすぐに理解することはできない。長短二種の符号の組み合わせによって文字がつくられており、一分間に六十字が基本になっていた。通信機がなかったから、「トン・ツー」といったり、「ツー・トン・ツー」といったりしながら頭のなかで覚えていくしかなかったが、これとて中途半端なものであった。

気象学や星座の知識が航行に欠かせないとし、この勉強もすることになった。夜間、営庭に出て星空を眺めながら教官の説明を聞き、暗闇のなかで北の方向がわかるために北極星を見つけることにした。最初に北斗七星を見つけることにしたが、これは枡《ます》と柄がついたような形をしており、枡の先の五倍のところに北極星があると教えられた。オリオン星座を見つけだし、そこから北極星をたどる方法など、いくつかの方法があることがわかった。

ついで気象学を勉強することになったが、これは航行中に風速を知ることが主目的であった。風はどのようにして起こるのか。雲にはいろいろの種類があり、積乱雲や高層雲や巻雲などによって高度に差があることを知ることができた。木の揺れかたや波の立ちかたによって、風速がどのくらいかわかるようになり、これらを航行の参考にすることになった。

海上での訓練に先立ち、教室で「ディーゼルエンジン」の勉強がはじめられた。四サイクルのエンジンは吸入、圧縮、爆発、排気の四行程で一つのサイクルが完了するという。空気をシリンダー内でピストンにより急激に圧縮して高温とし、燃料噴射孔から噴射し、自然に点火爆発させるとの説明を受けたが、容易に理解することはできなかった。

速成のエンジンの勉強が終了すると、今度は海上での訓練となった。

最初に行われたのが数人乗りのボートの漕ぎ方であった。部隊から港まで運んでいくのが容易でなく、背の高い候補生により多くの負担がかかってしまった。干満の差が大きかったから、干潮のときにはハシゴを使って下ろさなければならず、浜辺が広がって訓練場まで遠くなっていた。海なし県に育った私にはめずらしいことばかりであったが、漁師の息子はずば抜けてボートの操作がうまかった。

引率されて海岸にいったとき、区隊長から説明があった。

「このごろ、農村も漁村も若い男が兵隊にとられて手不足になっており、農産物や漁獲の増収が国策に添ったものになっており、これから地引き網の手伝いをすることにする」

生まれて初めて地引き網の経験をしたが、たくさんの種類の魚が捕獲されたのでびっくりしてしまった。漁師さんの話によると、小魚を追いかけてくる魚がおり、それを食べようとする魚がいるためにたくさんの魚が獲《と》れるのだという。

六月十五日にアメリカ軍がサイパン島に上陸したけれど、われわれには戦況はいっさい知らされなかった。

このころから本格的に「ダイハツ」の操縦訓練が行われることになったが、この舟艇の正式な名称は「大発動艇」であり、ディーゼルエンジンがかじ部に取りつけられ、自動車一台、人員なら七十人ぐらい搭載できるという。

一区隊六十人が乗り込み、二人が一組になって「ダイハツ」を操縦することになった。一人は機関に入ってエンジンのレバーの操作をし、一人は操縦桿をにぎって操縦することになった。レバーによって加速したり減速できるが、絶えず二人の呼吸を合わせなければならなかった。

船にはブレーキがなかったため、岸壁につけるときにはバックのギアに入れなければならず、早すぎると岸につくことができず、遅すぎて激突させたりもした。

それだけでなく、潮の流れや風向も加味しなければならず、容易に技術を習得することができない。訓練を積み重ねたいと思っても、六十人が交互にやっていたからはかどらず、他の候補生のやっているのを参考にせざるを得なかった。

こま切れのような勉強や訓練であったが、どれも船舶兵にとって必要なものであった。訓練が終了しないというのに、六月の中旬になると、小豆島への移駐がうわさされるようになった。知識や技術の習得が中途半端なものになってしまい、下士官になったときの心構えについての勉強はなく、将来に不安を覚えてしまった。

③　小豆島へ移駐

梅雨に入ると、訓練にも支障を来たすようになった。洗濯をしてもじゅうぶんに乾かすことができず、下着にも虱《しらみ》が付着するようになってしまった。インキンが蔓延《まんえん》するようになったため、室内消毒と下着類の煮沸《しゃふつ》消毒がいっせいに実施されることになり、全員が素裸になって営庭で駆け足をさせられた。いくら塀の中のこととはいえ、このような光景はシャバでは考えられないことであった。

うわさされていた小豆島への移駐が、六月下旬から順次行われることになった。このときになっても移駐の理由は示されず、順番がやってくると戦《いくさ》にでも出かけるようなせわしさであった。身の回り品を「ダイハツ」に積み込み、朝早く豊浜の兵舎を後にし、たくさんの島が浮かんでいる美しい瀬戸の海をすべるように東に向かった。途中、小さな島で昼食をし、夕方、ようやく土庄港に着くことができたが、どのくらいの距離があったかわからなかった。

港について二十分ほど歩いたとき、淵崎の部隊に着くことができた。ここの兵舎も紡績工場が改造されたものであり、小さな山を背にして海を見ることができなかった。「ダイハツ」の数はいたって少なく、営庭も狭かったからどのような訓練が行われるのか想像することさえできなかった。

金属類が兵器の生産に回されたため、竹製の食器類が用いられていた。副食にも乾燥された食材が使われるようになり、生野菜や果物にはめったにありつくことができず、耐乏生活が強いられるようになっていた。食べることと寝ることだけが楽しみであったのに、それさえも徐々に奪われていくみたいであった。

小豆島に移って二週間ほどしたとき、初めて外出が許された。二人以上で行動することと民家に立ち寄らないという条件がつけられ、軍服を着ていたから自由に行動することはできない。私は数人の仲間とともに土庄の町を散策したが、どこも軍服を身につけた候補生であふれんばかりになっており、ときおり巡視の将校の姿が見えた。

小さな店に立ち寄ってトコロテンを口にしたとき、久しぶりにシャバの空気に触れた感じがしたが、すぐに現実に引き戻されてしまった。バスで景勝地の寒霞渓に出かけた候補生の話を聞いたとき、つぎの休暇のときに出かけようと思った。

外出したとき、サイパン島の日本軍が全滅したり、東条内閣が総辞職したことを知り、戦局がますます逼迫《ひっぱく》していることがわかった。

真夏の太陽が照りつけるようになると、本格的に水泳の訓練がはじまった。救命胴衣を着けて「ダイハツ」に乗り、土庄港から池田の沖に出たとき、全員が海に落とされて岸まで泳ぐことになった。溺《おぼ》れる心配はなかったものの海で泳ぐのは初めてであり、不安が先に立ってしまった。

泳ぎのうまい候補生と下手な候補生の違いは大きく、見る見るうちに引き離されてしまい、ばてても容易に「ダイハッ」に収容されなかった。泳ぎの下手な候補生にとってはとんだ厄日になってしまったが、何度もくり返されているうちに少しずつ慣れるようになった。海に慣れてくると、満ち潮のときと引き潮のときと泳ぎに違いのあることがわかったが、これも訓練の成果のようだった。

ときどき不寝番や衛兵についたが、寝不足であっても翌日の訓練は免除されなかった。居眠りをしているところを巡回の週番将校に見つかると、「戦闘中だったら殺されてしまうぞ」とひどく叱責された。

教育方針に変化が見られ、ディーゼルエンジンに代わってガソリンエンジンの勉強がはじまった。建物の中央に自動車のエンジンが置いてあり、それを取り巻くようにして教官の説明を聞いた。教官がエンジニアなのか、エンジニアが教官になったのかわからないが、エンジンについて詳しいとは思えなかった。

それだけでなく、大勢の候補生が使用することになっていたから、じゅうぶんな講義を受けることもできなかった。それでもディーゼルエンジンの勉強をしていたから、燃料に使われていたのが重油とガソリンの違いはあっても共通している部分が少なくなかった。

卒業まで二か月もあるというのに進路の希望調査がなされ、発動艇、高速艇、船舶通信、特殊輸送艇などの種類があり、希望する項目に印をつけて提出した。卒業が繰り上げになるとのうわさが流れるようになり、どこへ配属されるかが最大の関心事になってきた。

水泳の訓練がつづけられていたとき、「ダイハツ」によって二泊三日の舟艇機動演習が行われた。土庄の港を後にして鏡のような静かな瀬戸の海に乗り出すと、敵機の空襲や雷撃に備えて対空や対潜の訓練が実施され、海岸で露営することになった。飯盒炊爨《はんごうすいさん》をしてからテントで眠ることになったが、その前に星空を眺めてオリオン星座や北斗七星を探し出すと、すぐに北極星を見つけることができた。

部隊内では、ラジオを聞くことも新聞を読むこともできなかったから、戦局がどのようになっているかわからなかった。断片的に入ってきたニュースによって、サイパンの日本軍が玉砕したり、東条内閣に代わって小磯内閣が誕生したことを知った。


部隊内に大きな変化をもたらしたのは、真新しい階級章をつけた大勢の若い少尉が配属されてきたことだった。これに関連するかのように司令官の初度巡視があり、全員が土庄港から部隊まで並んで出迎えをした。司令官の訓示を受けたとき、新たな部隊が編成されることがわかったが、任務の内容についてはまったく知らされなかった。

七月下旬になると、隊内にあわただしい空気がただよい、長男が除かれて新たな組織がつくられることになった。一部に入れ替えがあって百人による四つの部隊が編成されたが、任務については秘密扱いとされていた。部隊名もイロハニの符号がつけられ、通信や外出だけでなく、他の候補生との接触さえ禁止されるという徹底振《ぶ》りであった。

私が配属されたのはロ部隊の第三中隊であり、隊長は二十六歳の野田大尉、中隊長が先に配属されていた若い原少尉であった。部隊は三個中隊、一個中隊は三つの群からなっており、群長として赴任してきたのが軍曹の階級章をつけた見習士官であった。戦隊長は戦車隊の出身とのことであり、中隊長も群長も他の部隊から配属されたため、生粋《きっすい》の船舶兵は隊員だけという編成になっていた。

訓練用の舟艇が間に合わなかったため、体力を鍛えるために頻繁《ひんぱん》に行軍が行われた。士気を高めるため、行軍をしながら軍歌を歌うのが日課のようになっており、船に乗ることが少なく、歩くのが多くなっていた。

士官候補生の各群長は、座金をつけていたものの軍曹からピカピカの少尉の階級章に変わった。軍刀を下げることができたため、どの群長の表情も晴れやかそうに見えていた。群長の引率で土庄の家並みを通り抜けて裏山まで行軍し、見晴らしのよいところで小休止をした。

オリーブの段々畑が一面に広がっていて、入り江の海面が陽光を浴びており、行き来する漁船がのどかな雰囲気をただよわせていた。瀬戸内海の美しい景色にみとれていると、一瞬、軍人であることを忘れさせ、別世界にいる感じさえした。

このとき、群長が新しい部隊について初めて話してくれた。

「いまや、帝国海軍の戦力は低下して頼りにならなくなってしまった。このため、新たに陸軍に誕生したのがわれわれの海上艇身隊なのだ。海上の戦闘に参加することになったため、近いうちに訓練がはじまることになるが、それまでは知らせることはできない。おれたちは出撃して戦死すると大尉になり、貴様らも戦地にいくと曹長に昇進し、戦死すると少尉になることになっているんだ。どこへいくかわからないが、みんな今年いっぱいの命だと覚悟して精進してくれ」

陸軍と海軍がしっくりいかなかったことを知らされたが、今年いっぱいの命といわれたとき、ひそかに考えていたことが現実のものになりつつあることがわかった。

曹長になるのに数年はかかるといわれていたから、伍長や軍曹を飛び越えてどうして曹長になるのか理解できなかった。軍人を志願したときのコースと異なっており、ちょっぴり裏切られた気がしないでもなかったが、特攻隊員に選ばれたことで晴れがましい気分にさせられた。

八月の半ば過ぎ、空襲警報が鳴った。大部分の候補生が避難したが、一部が小銃を持って営庭に飛び出していき、逆撃《さか》ちの姿勢で敵機がやってくるのを待った。一時間ほどで解除になったが、B29が支那大陸から九州方面にやってきたことがわかり、危険が迫っていることを肌で感じるようになった。

④　特攻隊員となる

秘密にされていたロ部隊は、正式に「海上艇身隊第二戦隊」と呼ばれるようになった。八月十五日から第一回の訓練が行われることになったが、これは第一戦隊から第四戦隊までであり、期間は三日間ずつ三回とのことであった。

繰り上げがうわさされていた卒業式が、八月二十五日に実施されることが本決まりになり、急遽《きゅうきょ》、卒業試験が実施されることになった。いままでの成績はまったく考慮されず、学科試験のみとなってしまったが、出題されたのが暗誦させられていた戦陣訓であった。一定の時間内に、どれほど多く正しく書けるかが競われることになった。覚えにくい文章の上に長文であり、むずかしい文字が多かったから書くのが容易ではなかった。

戦陣訓は、戦場へ向かう兵士の心得であり、序からはじまって本訓とつづいていた。

序には、「夫《そ》れ戦陣は、大命に基き、皇軍の真髄を発揮し、攻むれば必ず取り、戦へば必ず勝ち、遍《あまね》く皇道を宣布し、敵をして仰いで御稜威《みいつ》の尊厳を感銘せしむる處《ところ》なり。されば戦陣に臨む者は深く皇国の使命を體《たい》し、堅く皇軍の道義を持し、皇国の威徳を四海に宣揚せんことを期せざるべからず。……(以下略)」とあった。

本訓其ノ一には、「皇国、皇軍、軍紀、團結、協同、攻撃精神、必勝の信念」の七つの項目があった。

本訓其の二は、「敬神、孝道、敬禮擧措《けいれいきょそ》、戦友道、率先躬行《そっせんきゅうこう》、責任、死生観、名を惜しむ、質實剛健、清廉潔白」の十の項目にわかれていた。第八の「名を惜しむ」のなかに、『恥を知る者は強し。常に郷黨家門《きょうとうかもん》の面目を思ひ、愈々《いよいよ》奮励して其の期待に答ふべし。生きて虜囚《りょしゅう》の辱《はずかしめ》を受けず、死して罪禍の汚名を残す勿《なか》れ』というのがある。

これらは軍人の心得であるはずなのに、いつしか非戦闘員にも強要されるようになり、悲劇を生む原因になっていた。

其の三は、「戦陣の戒《いましめ》、戦陣の嗜《たしなみ》」の二つの項目からなっている。結《むすび》は、「以上述ぶる所は、悉《ことごと》く勅諭に発し、又之に帰するものなり。されば之を戦陣道義の実践に資し、以て聖諭《せいゆ》服行の完璧を期せざるべからず。戦陣の将兵、須《すべから》く此の趣旨を體《たい》し、愈々《いよいよ》奉公の至誠を擢《ぬき》んで、克《よ》く軍人の本分を完うして、皇恩の渥《あつ》きに答へ奉るべし」となっている。

試験の結果、成績のよい候補生が選ばれて口述試験に望むことになった。各中隊から五名ずつが選ばれたため、三十人が口述試験を受けることになったが、入隊する前から「戦陣訓」を覚えていた候補生が有利のようだった。

いよいよ訓練がはじまることになり、「ダイハツ」で土庄港を出たが行き先は知らされない。訓練基地となっていたのは、小豆島から数キロのところにある豊島であり、現在、産業廃棄物処理場としてその名を知られるようになった。

一時間ほどで到着すると、島の南側の入り江にはたくさんの小さな舟艇が浮かんでおり、すでに先着隊によって訓練が実施されていた。ベニヤ板の舟艇には自動車用のエンジンが取りつけられていたが、秘密兵器とされていたために正式な名称はつけられていないという。

当面、練習用の頭文字をとって「マルレ」と呼ばれていたが、全長が五・六メートル、速力が約二十ノット、ベニヤ板製で百二十キロの爆雷を二個搭載して敵の艦船に体当たりするというものであった。艇首には撃突板が取りつけられていて、敵の艦船に体当たりすると信管に作用し、爆雷が落下して爆発する仕組みになっていた。

訓練に先立って中隊長から説明があった。

「訓練は三日間ずつ三回にわたって実施されることになったが、この舟艇は陸軍に誕生した秘密兵器なのである。二個の爆雷を積み込んで敵の艦船に体当たりするものであるが、秘密がばれてしまうと戦果を上げることができなくなってしまうため、マルレの存在はだれにも漏らしてはならない。舟艇が足りないために、今夜は一つの舟艇に三人か四人乗ってもらうことにするが、本官が先頭を走ることにするから、群長と隊員は二列になってついてきてくれ。暗い海でどれほど隊伍を整えて行動できるか、それも訓練の一つであり、一致団結して訓練に励んでくれ」

暗い海でどれほど隊伍を整えることができるか疑問であったが、それは訓練によって克服するほかなかったらしい。

秘密兵器とされていたために昼間の訓練はできず、おもに入り江で整備に当たったが、故障のときは数少ない整備の兵隊に頼るほかなかった。

暗くなるのを待って訓練がはじまったが、明かりの使用が禁止されていたから、すべてが暗闇の中での行動となってしまった。中隊長や群長の舟艇は仲間の隊員が操縦し、十隻ほどが一団となって入り江を出発し、豊島を一巡りして基地に戻ることになった。

出発したときには月明かりがあったが、東海岸に出ると月が雲間に隠れてしまい、前を走る舟艇を見失ってしまった。

だれもが初めての操縦であったから不安にかられてしまい、速度を上げて追いつこうとしたが、辺りに舟艇を見ることはできなかった。トビウオに飛び込まれてびっくりし、いきなり岩礁が目前に迫ってきたために舵《かじ》をいっぱいに切って避けたりした。左手に見える豊島を見失わないように航行をつづけるほかはなく、基地にたどり着いたときにはいまだ数隻が戻っていなかった。

疲労困憊《こんぱい》に達していたものの、整備を終えてからでないと休むことができなかった。ようやく山の斜面にあったテントにたどり着くことができたが、そこにあったのは筵《むしろ》が敷かれただけのお粗末なものであった。

食事だって山越えに運ばれてくるために一定しておらず、空腹を抱えたまま毛布を被《かぶ》ることが多く、飲料水にも不足していたから洗面をすることもできず、濡れた衣服を身につけたまま仮眠することもあった。

二日目も初日の繰り返しみたいなものであったが、少しばかり不安が払拭《ふっしょく》されていた。第一回の最終日はいつもより海が荒れていたが、訓練は強行されることになり、二人ずつ「マルレ」に乗り込んだ。

十数隻が一団となって入り江を出発したが、前を走っている「マルレ」を見失うと心細くなってきた。どこの戦場へ出かけるのかわからないが、少しばかり戦場へ出かけるときのような心境にさせられた。

豊島の東側を航行していたとき、エンジンがストップしたのであわててしまった。懐中電灯を頼りにして故障の箇所を調べたが、二人とも技術が乏しかったからどうしても始動させることができない。折からの引き潮に乗って「マルレ」はどんどんと外洋に流されてしまい、このまま太平洋に出てしまうのかと思うと気が気でなかった。

辺りには島影を見ることはできず、いらいらした時間を過ごしているうちに凪《なぎ》になり、舟艇は暗い海で漂うばかりであった。

どのくらいの時間が経過したかわからなかったが、満ち潮に乗って瀬戸の海に向かいはじめたとき、左手に島影を見ることができた。「マルレ」に取りつけられていた板をはがして懸命に漕ぎつづけ、ようやく岩場に着くことができた。

真っ暗闇であったから身動きすることができない。「マルレ」を体に結びつけて仮眠を取ろうとしたが、蚊の襲撃にあって一睡もすることができなかった。明るくなるのを待って「マルレ」を引っ張って海岸を歩き、くたくたになっていたときに海軍の施設が見つかった。

整備をしてもらうとすぐにエンジンがかかり、ガソリンの補給を受けて帰りの道順を教えてもらい、無事に豊島の基地に戻ることができた。中隊長からはねぎらいの言葉があったのに、群長からはこっぴどく叱られてしまった。

三日間の訓練を終えていったん帰隊したものの、「マルレ」のことは秘密扱いにされていたため、訓練の様子を聞かれても話すことはできなかった。グアム島の日本軍が全滅したとのニュースを耳にしたとき、出撃の日がだんだんと迫っていることがわかった。

第二回目の訓練は、一人で「マルレ」を操縦することになった。少しばかり慣れてきたとはいっても心細さが先に立ってしまい、トラブルが起きないことを祈りながらの出航となった。われわれの合い言葉は『一個師団撃沈』であったが、このようなちゃちな舟艇でどれだけの戦果を挙げられるか疑問であった。漠然と訓練をつづけていることにもの足りなさを覚えるようになり、禁止されていたのに、近くを航行する漁船を仮想敵船に見立てて突っ込む真似をしたりした。

第二回の訓練を終えて隊に戻っていたとき、繰り上げ卒業が行われて全員が上等兵に進級した。海上艇身隊に加わらなかった候補生には休暇が与えられ、すぐに小豆島を後にすることになったが、われわれには秘密を守る見地から休暇は与えられないという。両親に会いたいという気持ちはだれにも共通していたが、特攻隊に選ばれたことを誇りにしていたから、不満を抱く隊員は少なかった。

卒業式が終了したとき、戦隊長から修業證書を渡された。

右之者當隊ノ過程ヲ履修シタルコトヲ證ス
昭和十九年八月二十五日

船舶特別幹部候補生隊長陸軍中佐　従五位勲五等功四級　於保佐吉

修業證書と同時に上等兵の階級章を受け取ったが、訓練が継続されていたために卒業したという実感がなかった。

四つの戦隊が交互に訓練を実施していたから、第三回の訓練がはじまったときには入り江はひどく油に汚染されていた。衣服も顔も油に汚れていたから見分けるのが困難になってしまい、他の部隊の隊員と間違えることもあった。

それだけでなく、ほとんどの隊員がインキンやタムシに悩まされてしまったが、軍医の治療を受けることができなかった。唯一の治療薬は赤チンキであったが、患部に塗ると飛び上がってしまうほど滲《し》みてしまったが、すぐに効果は現れなかった。


第三回目の訓練になると、単独の操縦にも少しばかり慣れてきたが、それでも不安を払拭することができなかった。出発するときには整然としていたものの、基地に戻ったときにはばらばらになっており、訓練の成果が上がっていないことがわかった。

特攻隊員は敵の艦船に対する各個撃破みたいなものであったから、整然といかなかったからといって、悲観することではなかった。だが、戦場がどんなところかわからないし、荒れた海をどのように乗り切って敵の艦船に体当たりすることができるか、疑問が残ってしまった。

厳しい訓練に明け暮れしていたが、最後の訓練が終了したとき、全員に「疲労回復液」が支給された。酒の臭いがしていただけでなく、口にすると顔がほてってきた。未成年者は飲酒を禁止されていたから、このような名前をつけてサービスをしたのかもしれないと思った。

訓練を終えて部隊に戻ったとき、大半の候補生が小豆島を後にしていた。部隊に残っていたのは、一部の戦隊員と第二回の候補生を受け入れる準備をしていた兵隊のみであった。がらんとした浴槽に浸りながら明日からのことを考えたが、はっきりしていることといえば、ベニヤ製の小さな舟艇に爆雷を積んで敵の艦船に体当たりすることだけであった。

神風が吹くとか、神州は不滅といわれてきたが、伝えられてくる情報は「転進」という名の敗戦の知らせばかりであり、前途に明るさを見出すのが困難な状況になっていた。

小豆島の部隊で最後の夜を過ごすことになったが、あすからのことはまったくわからない。消灯ラッパが鳴り響いていっせいにベッドにもぐり込んだが、いつになっても寝つかれず、すぐに眠ってしまう隣の候補生も眠ることができないらしかった。あっちこっちからひそひそ話が聞こえてきたし、走馬灯のようにいろいろのことが浮かんでは消えており、神経が高ぶってしまったから眠ろうとしても眠れない。

いらいらした時間を過ごしていたとき、不寝番の候補生の「休暇が出たぞ」という大きな声が聞こえてきた。予期していないことであったからよろこびもひとしおであり、休暇をどのように過ごすかで頭がいっぱいになっていた。

休暇は四日間だけであり、新潟県出身のT君は、「どんなに無理をしても行くのは無理だなあ」とぼやいていた。帰郷することのできない者は、広島まで両親を呼び寄せるんだといっていたが、私だって一泊しかできなかった。それでも入隊以来、一度も帰郷していなかったから、朝早くから起き出して準備をしたが、これが最後の休暇になることはだれにもわかっていた。

朝食をすませると、戦隊長の訓示があった。

「マルレの存在は秘密になっており、それを守るために休暇を与えないことにしてあったが、今回、秘密を守るという条件で休暇を与えることにした。くれぐれも秘密を守り、時間に遅れないように宇品の桟橋に集まってくれ」

このときも「マルレ」の存在を秘密にするように強くいわれ、軍服では目立つためにふだん着で実家へいくことになった。土庄港から連絡船に乗って豊島の近くに差しかかったとき感極まってしまい、名残りを惜しんでいるうちに高松港に着いた。

連絡船や列車を乗り継ぐなどし、八月三十一日の正午近くに実家に着いたが、何を話してよいかわからなかった。逼迫《ひっぱく》した戦況のなかでの休暇であり、重大な出来事と受け止めていたらしく、父親は怪訝《けげん》な表情をしていた。

秘密厳守を言い渡されていたため、父親にも特攻隊員になったことを話すことができなかったが、六歳のときに病死した母親の墓前にいって報告することができた。

「私は特攻隊員として戦場にいきますが、国のために立派に戦ってきます」

やがて、母親と同じ墓地に葬《ほうむ》られるのかと思うと、しばらく離れがたくなっていた。

自転車を走らせて故郷の風景に接したり、兄弟や友人をつぎつぎに訪問して話し合うことができたが、軍隊のことを尋ねられても、苦しい言い訳をするのみであった。休暇が死へのパスポートみたいなものであり、すべてが別れのあいさつになっていたのにおくびにも出すことができず、楽しみにしていた休暇もせつないものになってしまった。

⑤ 第十教育隊

入隊するときには歓呼の声で送られたが、今回はひっそりと帰って一人で家を出なければならなかった。

高崎駅から広島駅まで三等列車に乗ったが、一昼夜以上も板張りのいすに座っていたため、降りたときには尻が痛くて歩くのに困難を来たした。集合場所になっていたのは宇品港の桟橋であり、全員が「ダイハツ」に分乗して江田島にある幸ノ浦まで運ばれた。

この島には有名な海軍兵学校があったが、船舶兵の第十教育隊があったのは島の北端であった。ここで「マルレ」を受領し、特攻隊員としての心構えについて最後の教育を受け、戦場に向かうことになっていた。部隊といってもたくさんの兵隊がいるわけではなく、海岸に沿った狭い平地に数個の建物があっただけであった、

最初に手渡されたのは開襟シャツであり、南にいくことが間違いないものと思われた。つぎ

に手渡されたのが、四十年式の軍刀（サーベル）と二十六年式の六連発の拳銃《けんじゅう》であった。サーベルは曹長刀といわれているものであり、人を斬ることができそうになかったし、どんな場面で拳銃を使うのか見当がつかない。

「サーベルと拳銃は、どのように使うのでありますか」

恐る恐る、隊員の一人が群長に尋ねた。

「サーベルは飾り物のようなものだから、実戦に使うことはできないんだ。拳銃だって敵をやっつけるために使うもんじゃなく、攻撃に失敗し、捕虜になるおそれがあったときに使えばいいんだ。顳顬《こめかみ》を撃つと失敗することがあるから、銃口を口の中に入れて上に向けて撃つようにするんだぞ」

すでに「マルレ」の訓練を終え、戦場へ出かける心の準備ができていたから、このような話には驚かなくなっていた。

教育隊長の訓話は、「死の美徳」と題するものであった。

「天皇のために死ぬことは、悠久の大義に生きることである」

このような話を聞き、日本国のため、天皇陛下のために死ぬ覚悟を新たにさせられた。

追い打ちをかけるかのように、またもや群長の指示があった。

「これから戦場に出かけることになるんだが、みんな、死ぬ覚悟ができたかな。海の藻屑《もくず》になってしまうんだから、いまのうちに髪の毛と指の爪を切っておけ。遺書の書き方がわからないやつは、ここに雛形《ひな》があるから適当なものを選んで書いておくんだな。貴様《きさま》らの番号が書かれた封筒がここにあるから、これに入れておけば、死んだら両親に届けられることになっているんだ」

すでに筆が用意されており、雛形を見ると、「必勝」とか「玉砕」とか「靖国ノ桜ト散ラン」などがあった。

遺書を書きたくないと思っても、書かないと反抗していると見なされてしまうし、検閲があるから自由に書くことができない。「日本国のために命を捧げます」とまじめに書こうとしたが、雛形《ひながた》にも同じような言葉が載っていたので興ざめしてしまった。坊主頭のために頭髪を切ることができず、腋《わき》の下の毛を切ってもらって遺爪とともに封筒に入れたが、なんとも言えぬ妙な気分にさせられてしまった。


特攻隊というのは、体当たり戦法であり、そのように訓練が行われてきた。出撃すれば助かる可能性はゼロにひとしくなるが、最小の損害で、最大の戦果を挙げることが狙《ねら》いのようだった。

「武士道とは、死ぬことと見つけたり」

という言葉が浮かんだり、

「軍人として立派に死のう」

と思ったり、死への準備が着々とすすんでいた。

だれがどのように思っていたかわからないが、多くの隊員が国家に奉公できる日が近づいてきたことを誇りにしているようだった。

いつになっても行き先が知らされず、ふたたび群長に尋ねることにした。

「われわれはどこへいくんでありますか」

「どこへいくか、貴様らは知らなくていいんだ。戦隊の行動はすべて極秘扱いにされているんだから、お上《かみ》のいうことを素直に聞いていさえすればいいんだ」

秘密にされているといわれ、取りつく島もなかった。

戦場へ向かうことになったため、全員がそろって出陣式が行われた。船舶練習部長の訓示があったのち、戦隊長の野田大尉の決意表明がなされ、全員が記念写真に収まった。

その後、中隊長の訓示があった。

「ただいま、船舶練習部長のご臨席を仰ぎ、戦隊長からも貴重な訓示を承《うけたまわ》ったが、本官からも一言話しておくことにする。われわれは、出撃して戦死したときには全員が二階級特進することになっている。貴様らもやがて伍長になる。曹長の階級章を渡しておくことにするが、別命があるまでは絶対に付けてはならない」

いまだ伍長になったわけではなく、曹長の階級章を手渡されて戸惑った隊員が多かったようだ。それよりも、付けてはならない曹長の階級章をどうして与えたのか理解することができなかった。

真新しい「マルレ」を受領するため、全員が繋船場《けいせんじょう》へいった。製造が間に合わないといわれ、一部の隊員しか受け取ることができない。私が受領する舟艇は翌日の午後になってしまい、昼過ぎに受領にいったところ、渡されたのは訓練のときに使用した方式のものと少しばかり異なっていた。

「これには撃突板が取りつけられていないけれど、どのように使うのでありますか」

「いままでの方式のものは、撃突板が当たると信管に作用してすぐに爆発する仕組みになっていた。この方式は、爆雷を落としてから爆発するまで数秒間あり、その間に避難することができるようになっているんだ。実験によってこの方式の方が威力を増すことがわかったから、これからはこの方式のものが製造されるんじゃないのかね」

係の下士官は、親切に変更の理由を説明してくれたが、なぐさめの言葉として受け止めてしまった。

真新しい「マルレ」を受領し、沖に停泊している輸送船に積み込むことになった。このとき、仲間の「マルレ」がエンジントラブルを起こしてしまったため、整備の兵隊に修理してもらった。予定の時刻よりかなり遅れて輸送船に着くと、いらいらしていた群長にお目玉を食らってしまった。

「貴様ら、何をぐずぐずしていたんだ。計画通りに実行できないようじゃ、戦争に勝つことができないんだぞ」

いきなり怒鳴られて顔面を殴られ、不意をつかれて海中につき落とされてしまった。問答無用の態度に腹が立ったものの、それでも反省の態度を示すほかなかった。

⑥ 輸送船名瀬丸

われわれが乗った名瀬丸は、千二百トンほどの老朽船であった。すでに廃船の時期が過ぎているが、戦争のために最後のご奉公をしているという。

十数隻の「マルレ」が甲板に積み込まれ、中隊長と二人の群長と十数名の隊員と整備中隊の召集兵が乗り込んだ。将校には船室が与えられたが、数日間のことだから我慢しろといわれ、隊員と整備の兵隊は甲板で起居することになった。「マルレ」の隙間に携帯用の天幕を張って筵《むしろ》を敷いただけのものであり、囲うものがなかったら、吹きさらしになっていた。

エンジンの響きが甲板に伝わってくると、ゴトゴトと音を立てながら錨《いかり》が巻き上げられた。汽笛を鳴らしながら船がすべるように動き出したとき、見納めになるものと思いながら遠ざかっていく幸ノ浦を食い入るように眺めていた。

暗くなったので毛布にくるまって横になったが、冷たい鉄板が衣類を通じて肌を刺してきたり、固い甲板に悩まされて容易に寝つくことができない。星空を眺めているうちに眠りにつき、目が覚めたときには関門海峡の近くに差しかかっていた。

この辺りのことに明るい隊員が、

「あそこに見えるのが源平の戦いで有名な壇ノ浦だよ」

と指さしたとき、歴史のひとこまを思い出した。

数隻の漁船とすれ違い、狭い関門海峡を通り抜けて玄海灘に出た。静かな瀬戸の海と異なって、船は大きくローリングとピッチングをくり返すようになった。

空襲や雷撃の危険があるといわれ、交替で「対空対潜」の監視に当たることになり、舳先《へさき》に立って空や海の警戒をはじめた。船がピッチングをするたびに胃の内容物が逆流しそうになってしまい、荒波のなかで「マルレ」の操縦ができるか不安を覚えてしまった。

六ノットの船は、進んでいるのがわからないような速度であった。ようやく右手に壱岐を見ることができたが、五島列島の沖に差しかかるまでかなりの時間を要してしまった。

船は白い波を引きずりながら、ひたすら南に向かって進んでいたが、このときになっても行き先は知らされなかった。顔見知りになった船員の話によって、名瀬丸は那覇までいってとんぼ返りをしてくることを知り、目的地が沖縄に間違いないものと思われた。

沖縄に直行するものと思っていたところ、大きく左に舵を切り、薩摩半島を巡《めぐ》って鹿児島湾に入った。小雨にけむる桜島に近いところに錨を降ろし、船団が組まれるのを待つことになった。数日したときに八ノットの船団が組まれたが、名瀬丸はそれに加わることができずに見送ることになってしまった。ところが一昼夜ほどしたとき、八ノット船団は引き返してきたが、その中には名瀬丸の近くに停泊していた船の姿を見ることができなかった。

翌日、八ノット船団はふたたび危険な海に向かって出航していったが、前途の無事を祈らずにはいられなかった。

急いで戦場へ向かうことになっていたが、名瀬丸はいつになっても錨を上げようとしない。甲板には「マルレ」が積まれていたから空間も少なく、ぶらぶらした生活を余儀なくされていた。艫《とも》に取りつけられた簡易便所は外から丸見えであり、落ちながら四散していくのが見えていた。初めのときの抵抗感もだんだんと薄らいでいき、雨の日のカッパを着ての用便にも風情をたのしむことができるようになった。

出航の予定がつかなくなったため、飲み水や食べ物が節約されるようになり、入浴はもちろんのこと洗濯をすることもできない。乾燥された食材やまずい外国米には我慢することができたが、ひもじさに耐え難くなってしまい、禁止されていた非常糧秣《りょうまつ》に手をつけてしまった。

網の目から一つ二つとコンペイトウをつまみ出していたが、腹の虫が収まらず、ついに乾パンまで口にしてしまった。将校によって所持品の一斉点検が実施されたため、乾パンに手をつけたことがばれてしまった。

「非常糧秣《りょうまつ》に手をつけるとは何事だ。軍法会議にかけられるほどの重大な犯罪なんだぞ。こんな心がけでは戦争に勝つことなんかできないぞ」

怒鳴られただけでなく、何時間も甲板の上に立たされたあげく、絶食という処罰を受けてしまった。

船の上でも規律が守られていたから、初めは朝夕の点呼や服装の点検などが行われていた。

ところが、狭い甲板ではきちんと整列することもできず、いつの間にかうやむやになってしまった。舟艇の整備も義務づけられていたが、エンジンをかけることができず、それにも限界があった。決まっているのは三度の食事の時間だけであり、ラジオを聞くことも新聞を読むこともできず、退屈な時間を過ごすようになっていた。

鹿児島の街にとばりが下りると、思い出されるのが故郷であった。菓子屋のせがれは腹一杯お菓子が食べたいといい、農家のせがれは白米が食べたいと言い出すなど、だれもが口にするのが食べ物のことであった。

こんなひもじい思いをしながらも、数か月の軍隊生活によってたくましい軍人精神が醸成《じょうせい》されたらしく、軍人を志願してきたことを悔いる隊員はいなかった。それだけでなく、同じかまの飯を食べ、同じような空腹に耐えているうちに心が許し合える仲間になっていった。

多くの隊員が、死を前にして勉強なんか必要がないと思っていた。ところが、雑談の仲間に加わろうとせず、ひまさえあれば読書をしていた二人の隊員がいた。一人は英和辞典や和英辞典を手放そうとしなかったし、もう一人は法律や物理や科学の勉強をしていた。

「敵国語として禁止されているのに、どうして英語の勉強をしているんだい」

「おれは、外語学校に合格していたんだが、学校を出ても将来性がないと思ったから軍人になったんだよ。お国のために働こうと思って特幹に入ったんだが、好きな英語の勉強をやめることができず、参考書や辞書を持ってきたのさ」

将校が英語の勉強をしていた隊員に気がつかなかったのか、見逃していたのかわからなかったが、いつまでも英語の勉強をつづけていた。

法律や物理などの勉強をしていた隊員も、独自の生き方をしていた。

「みんなは死ぬ覚悟を決めているようだけど、おれは死ぬことは考えていないんだ。たとえ死ぬとしても、生きているかぎり勉強をつづけたいと思うんだ」

みんなの前でこのように言っていたから、それが本心に間違いないようだった。死ぬ覚悟ができているといっていた者だって、本心では死を怖《こわ》がっているかもしれないが、死が怖いと口にする者は一人もいなかった。

二人が型破りの生き方をしていたことは間違いないが、この者たちにいわせれば、われわれこそ無駄な生き方をしていると思っていたのではないか。

船の上で英語の勉強をしていた隊員は、捕虜になるとアメリカ軍の通訳になり、帰郷するとGHQで働くようになった。アメリカの将兵を相手に骨董品《こっとうひん》や美術品などの斡旋《あっせん》をしているうちに画商となり、ポール・ワタベの雅号でアメリカで活躍し、日本に戻って都内に画廊を設立して著名な作家を育て、のちに日本版画協会の会長になった。

法律などの勉強をしていた隊員は、復員してから独学で司法試験に合格し、いまも弁護士として活躍している。

鹿児島湾に入ってから三週間ほどしたとき、初めての外出が許された。伝馬船で鹿児島港に上陸したとき、なんともいえない気分にさせられたが、足がふらついてしまってうまく歩くことができない。市街地を通り抜けて城山に向かったが、人家のないところに出ると、ほとんどの隊員が土の感触を味わうために裸足になった。西郷南洲の墓前にいったとき、十三歳で自害した若者がいたという話を聞かされ、感慨ひとしおのものがあった。

十月十日の朝、空襲警報のサイレンが鳴り響いた。敵機を見ることはできなかったが、沖縄がアメリカ軍の大編隊の艦載機によって大きな被害を受けたことを知らされた。

数日したとき、ふたたび上陸が許されたが、このときは自由行動をとることができた。われわれ隊員は短い軍服に船舶兵の胸章をつけ、座金《ざがね》と上等兵の階級章をつけてサーベルと拳銃を下げていた。街の人たちから奇異の目で見られていただけでなく、階級の上の下士官から先に敬礼をされて戸惑ったりした。

積もり積もっていたアカを落とすために銭湯に入り、町を散策するなどして久しぶりにシャバの空気を満喫することができた。最後になるかもしれないと思いながら映画の鑑賞をしたり、食堂に入ってどんぶり物を食べたりした。禁止されていたのに両親に電話をしたり、曹長の階級章をつけて写真をとった隊員もいたらしかったが、すべて内密にされていた。

桜島は圧倒するように目の前に迫っており、朝から晩まで眺めながら過ごしていた。一度は登ってみたいと思うようになり、みんなで話し合っていると、その希望がかなえられるようになった。

伝馬船で桜島に渡り、ふもとで小休止をしていたときに二人の将校が先に山に登っていった。だれが一番になるか競われることになり、三十分ほどしたときにいっせいに走り出したが、足腰が弱くなっていたからすぐにばててしまった。傾斜がきついところへいくと、歩くことさえできなくなり、四つんばいになったものの、砂地に足をとられるなど悪戦苦闘の連続になってしまった。

山頂に着いたときは、だれもへとへとになってしまった。眼下の鹿児島湾が大きな箱庭のように見え、赤茶けた船腹をした名瀬丸はすぐに目に飛び込んできた。さわやかな風に当たりながら辺りを見回すと、桜島と大隅半島が黒い溶岩によって陸つづきになっているのがわかった。

急な坂道を転げ落ちるようにしてふもとに着いたとき、小休止となった。みかんがたわわに実っているのが見えたので農家へいき、雑嚢《ざつのう》にいっぱいのみかんを買い込んだ。農家の人が、「ご苦労さんですね」といってさつまいもを分けてくれたが、伝馬船を待っている間に大半のみかんを平らげてしまった。満腹感を味わうことができたものの、夕食のときに味覚が失われていたことに気がついた。

単調な甲板の生活に退屈を覚えるようになったが、本を読む気にはなれなかった。甲板で横になって空を仰ぎ、オリオン星座や北斗七星を探し出し、北極星を見つけたりしていた。月だって徐々に変化しており、上弦の月が満月になっていく過程や満月から新月になっていく過程が少しずつわかるようになった。湾内には流れがないと思っていたのに、時間の経過とともに船が向きを変えており、雲や街の明かりにも変化が見られ、さまざまな自然の営みを見つけることができた。

敵機が九州方面にやってくるとの情報が入り、非常呼集となった。「マルレ」を海上に降ろして避難させることになったが、準備に手間どっているうちに警報が解除になった。

本土もB29の空襲にさらされていることがわかり、徐々に身辺に危険がおよんでいることが実感させられた。フィリピンに向かった輸送船団が全滅させられたり、那覇がアメリカ軍の大空襲によって壊滅的な打撃をうけたという情報がもたらされると、名瀬丸の前途に暗雲がただよっていることがわかった。

⑦ 輸送船馬来丸

船員からもたらされたわずかな情報によって、フィリピンにアメリカ軍が上陸したことを知った。戦局が緊迫してきたというのに出航する気配を見せず、名瀬丸は一か月以上も停滞を余儀なくされていた。

突如、馬来丸への転船が命じられたが、それは十月の下旬であった。秘密にされていたために「マルレ」の移動は、暗くなってから行われた。長いこと船積みにされていたためにエンジンはかからず、曳航《えいこう》するなどしたため、作業は長時間におよんでしまった。

この船でも将校は船室が与えられたが、兵隊と隊員は甲板で生活することになった。目を覚ましたとき、大勢の若い女性が乗っていたのでびっくりしてしまった。

さっそく、中隊長が甲板にやってきて訓示をした。

「この船に乗っているのは、大部分が朝鮮人の慰安婦である。これから船でともにすることになったが、近づくことも、話しかけることも厳禁する」

馬来丸は材木などを運搬していたが、船倉がどのような構造になっているか、慰安婦たちがどのような生活をしているかわからない。艫《とも》の張り出されたところに男女別々の簡易便所が取りつけてあり、すれ違うこともあれば、隣同士で用足しをすることもあった。あいさつを交わすこともなければ、じっと見ることもなかったが、明るい表情をした女性を見ることはなかった。

馬来丸は四千五百トン以上もあって、名瀬丸の三倍以上の大きさであり、速力は八ノットだという。船員の話によると、那覇までいってとんぼ返りしてくるとのことであり、われわれの目的地が沖縄に間違いないことがはっきりした。

近いうちに出航が予想されたため、必勝祈願のために全員で照国神社に参拝した。その後は自由行動が許されたため、見納めになるものと思いながら劇場に入って奇術を見た。腹ごしらえをするために食堂に入ったとき、別れの杯といわんばかりに酒を口にした者もいたが、だれもがふたたび内地の土を踏むことはないと思っていた。

夕方、伝馬船で馬来丸に戻ったとき、神風特別攻撃隊がフィリピンで大きな戦果を挙げたことを知らされた。われわれと同年代の人たちが命がけで戦っていることを知り、血の騒ぐのを禁ずることができなかった。

いよいよ、十一月三日の明治節の早朝を期しての出航となった。身辺の整理をしておくように言い渡され、戦場に向かうという気持ちが一段と強くなったため、眠りにくい夜となってしまった。

一夜明けると空には雲一つなく、出航の前途を祝福しているようであったが、すでに制空権も制海権も失っており、航海の前途は大きな危険をはらんでいた。

駆逐艦に先導された三十数隻の輸送船は、湾内で隊伍をととのえると、佐多岬から吐き出されるようにして洋上に出た。機関砲を備えたキャッチャーボートも警戒に当たっており、われわれは一つの魚雷も一機も見逃すまいと、対空対潜に当たった。船員の表情には緊張が見られていたし、慰安婦には悲愴感さえただよっていたが、われわれは長い船の上の生活から開放されることでホッとさせられていた。

船団は敵の魚雷攻撃を避けるため、ジグザグの航行をつづけざるを得なかった。洋上に出てからは島影を見ることができなくなり、船がどのようなコースを通っているのかまったくわからない。護衛艦が船団の周辺を巡って警戒をしていたけれど、広い海では隙間だらけであり、魚雷を防ぐのはむずかしいようだった。

船は大きくローリングとピッチングをくり返しており、舳先《へさき》に立ってじっと海面を見つめていると、海に吸い込まれてしまいそうな錯覚を覚えたりした。交替で対空や対潜の監視についていたが、島影が姿を消してからというものは、単調な海と空を見つめるだけになってしまった。隊員には船酔いをする者はいなかったが、甲板に上がってきてはへどを吐く慰安婦の姿が頻繁に見られるようになった。

名瀬丸では空腹に耐えなければならなかったが、船酔いする慰安婦が続出するようになったため、航行がはじまってからは食べ放題であった。

馬来丸に一基の高射砲が備えつけられていたが、担当の兵隊の姿を見ることができなかった。真夜中の対潜対空についたとき、覆われたシートの間からひそかにのぞくと、それは高射砲に似せた丸太であった。何とも言えぬショックを覚えてしまったが、重大な秘密を知ったような気分にさせられて、仲間にも打ち明けることができなかった。

またもやフィリピンに向かった輸送船団が、台湾沖で全滅したというニュースが飛び込んできた。神国日本は負けるはずがないとか、天佑神助があるとかいわれていたが、伝えられてくる情報は、いずれも日本軍の敗戦の知らせばかりであった。

馬来丸は大きなうねりに乗って上下左右と大きく揺れ、怒濤《どとう》が絶え間なく鉄板の船腹をたたきつけていた。敵の潜水艦が潜んでいるかもしれないと思いながら、暗い海をじっと見つめていると、押し寄せる白波を魚雷と間違えて叫びそうになったりした。夜が明けるとホッとさせられたが、昼間だって対空対潜の監視は間断なくつづけられ、二日目は一日じゅう島影を見ることができなかった。

暗い海をじっと見つめていたとき、またもや警戒警報が発令された。船が大きくピッチングをすると、海中に吸い込まれてしまうような錯覚を覚え、さらに恐怖が増してきた。明かりを消した船団は、真っ暗な海を南に向かって進むばかりであり、安全を祈らずにはいられなかった。

最後の夜の無事を祈りながら監視についていたとき、真夜中にけたたましくサイレンがなり出した。

「敵の潜水艦だ」「魚雷だ」

いままで、何度も空襲警報のサイレンを聞いたことはあったが、切羽詰まった叫び声を聞いたのは初めてであった。すぐに戦闘配置についたものの、なんの武器もなかったから、対潜の監視をつづけるほかなく、慰安婦に避難命令が出されても逃れる場所はなく、馬来丸は漆《しっ》黒《こく》の海を逃げ惑うばかりであった。どんなに対潜監視を強化したところで、魚雷や飛行機を発見して叫んだところで、避けることができそうもなかった。

遠くで火柱が上がるのが見えたとき、船団に被害が出たことがわかり、危険が現実のものになってきた。馬来丸は明かりを消し、雷撃の不安を抱きながら、真っ暗な海をジグザグに行進するのみであった。

二時間ほどで警戒警報が解除になったが、ホッとする気分にはなれなかった。元の静けさが戻ったものの、暗い海は一面に不気味さをただよわせており、見えぬ敵機や魚雷の監視をつづけるほかなかった。

馬来丸には被害はなかったが、船が沈められれば鱶《ふか》や鮫《さめ》の餌食になるかもしれず、他人事とは思えなくなってきた。明るくなるまで三時間ほどあったが、恐怖に満ち満ちていた時間は、たとえようもなく長く感じられてしまった。

はるかかなたに島が見えたときは、ホッとさせられた。さらに進むと目的地の沖縄本島がはっきりと視野に入り、四日目にしてようやく沖縄に着くことができた。

港に入るものと思っていたところ、赤茶けた船腹を見せた大型貨物船が航路をふさいでおり、やむなく沖に錨を降ろすことになった。八ノット船団は、なおも南へ向かって航行をつづけていたが、われわれは船で一泊することになった。

船の上から見た那覇の市街地は、ほとんどが瓦礫《がれき》と化していた。十・十空襲のつめあとは予想された以上にひどいものであり、戦争の息吹きを感ぜざるにはいられなかった。

敵の艦船が沖縄方面に向かっているとの情報が入ったため、急遽《きゆうきよ》、「マルレ」を降ろすことになった。だが、その後の情報が入らず、秘匿《ひとく》しておく適当な場所が見つからないために断念することになってしまった。

沖縄本島に基地があるものと思っていたところ、目的地が慶良間《けらま》列島の阿嘉島《あかじま》であることを公式に知らされた。中隊長が指さす方向を見たが、渡嘉敷島の影になっていて阿嘉島を見ることはできなかった。

馬来丸でやってきた慰安婦たちは、みんな伝馬船で那覇の港に運ばれていった。銃を持つ身が戦火にさらされるのは致し方ないとしても、武器を持たない婦女子やお年寄りが巻き込まれないことを願うのみであった。

⑧ 阿嘉島の生活

慶良間列島は、沖縄本島の西方約三十五キロメートルのところにある。二十数個の島からなっていて、われわれの基地がある阿嘉島は三番目の大きさの島であり、人口が五百人ほどだという。連絡船の到着を待って「マルレ」を移す作業にとりかかったが、洋上での作業のために困難をきたし、積み込むことができたのは半数の八隻に過ぎなかった。さして重労働とも思えなかったのに汗びっしょりとなってしまい、南国にやってきたことを実感させられた。

焼き玉エンジンの船は、リズミカルな音を立てながら西に向かった。船はローリングとピッチングをくり返し、大きな波に乗り上げて転覆しそうになったりした。日ごろの訓練の成果があったから船酔いすることもなく、三時間ほどで渡嘉敷島の南をめぐって慶良間海峡に入った。

紺碧の海原には、大小いくつもの島が浮かんでおり、島の間をくぐり抜けるようにして進み、阿嘉島の東海岸に錨を下ろした。波が白く砕け散っており、美しい珊瑚礁《さんごしょう》の間を色とりどりの魚が泳いでいるのを見たとき、おとぎ話の竜宮城の乙姫様を思い出してしまった。船員の話によると、慶良間海峡の透明度は五十メートルぐらいあり、世界の三本の指に数えられるという。

連絡船から降ろされた「マルレ」は、数少ない整備兵の手によって入念な整備や点検がなされた。長いこと船積みされていたから、すぐにエンジンはかからず、ほとんどが浜辺まで曳航《えいこう》されてしまった。

美しいニシバマの海岸には、すでに十数個の秘匿壕《ひとくごう》が掘られており、平和と思われていたこの島も基地化していた。一つの壕に二隻か三隻が格納されることになっており、壕はアダンなどの葉で覆《おお》われていたが、すでに黄ばんだものさえ見られた。

整備が終了した「マルレ」は、基地隊員の手によって台車に載《の》せられ、丸太のレールの上をすべるようにして秘匿壕に格納されていった。それぞれの担当者によって再度の整備がなされたが、入口から漏れてくる明かりはあまりにも少なく、懐中電灯の明かりも乏しく、形式的なものになってしまった。

中隊長の命令により、早めに作業が打ち切られた。狭い田園の間を通り抜けて小高い丘に差しかかったとき、足腰が弱くなっていることを痛切に感じ、大きな山登りをしているような錯覚さえした。

海岸にへばりついているような集落には、赤屋根の家が多く、どの家も石垣に囲まれていた。屋根の上には獅子の置物が乗っており、辻々の突き当たりには「石敢當《いしがんとう》」と書かれていたが、それがどんなものかわからない。見慣れない風景がつぎつぎに飛び込んできたため、異国にやってきたような気分にさせられた。

戦隊長をはじめとする本部と第一中隊は、すでに九月下旬には到着していた。第三中隊の一部も民家に分散して宿泊しており、馬来丸でやってきたうちの八人だけが、集落の西のはずれの与那嶺さんの家で宿泊することになった。

さっそく、兵隊用のドラム缶の風呂に入って長い船上の疲れを落としたが、期待していた沖縄の料理にありつくことはできず、支給されたのは量の少ないお粗末な軍隊の食事であった。電灯がないためにカンテラで明かりをとっており、六畳の間に八人が休むことになったが、十一月だというのに蚊帳《かや》が吊られていた。暑苦しいだけでなく、仲間のいびきや蚊の襲撃に悩まされてしまい、初めての阿嘉島の夜は寝苦しいものになってしまった。

翌日、連絡船で残りの「マルレ」が運ばれることになっていたが、暴風の前兆らしく海がしけて出航できないという。夕方になると、建物や樹木を大きく揺るがせるようになったが、与那嶺さんの家の人たちには驚いた様子は見られない。

夕食を受領するために炊事場に行こうとしたところ、通路が風の通り道になっており、突風がやってくるたびに吹き飛ばされそうになってしまった。どこの家も石垣と闊葉樹に囲まれており、これらが台風の防止策であったことがわかった。

夕食を済ませたとき、戦隊長の当番の隊員から連絡があった。

「那覇の港に停泊していたマルレは、すべてが台風の被害にあって沈没したため、修理のために隊員は本島に残ることになった」

修理が可能なのか、いつごろまでかかるのか、まったくわからないという。

民家に宿泊しているからといっても、自由な行動は許されなかった。外に出るときには二人以上で行動しなければならず、むやみに民家に立ち寄ることが許されなかったから、島の様子を知ることはできない。村役場からは、

「秘密部隊が駐屯しているから、理由なく話しかけてはならないし、方言を使用すると罰せられる」

との通達が出されているという。

そのため、与那嶺さんの家の人たちが話しかけてくるのは、すべて標準語になっていた。標準語を話すのに慣れていないらしく、子どもがしゃべっているのは、教科書を読んでいるみたいであった。与那嶺さんの家族が使っている方言をしばしば耳にしたが、何をしゃべっているのかわからなかった。最初に覚えたのが、「ウサガミソーレー」であり、これは、「召し上がれ」という意味であり、つぎに覚えたのが、「アキサミヨー」であったが、これは驚いたときに使う感嘆詞であった。


島には校庭以外の広場がなかったため、海岸に出て服装や人員の点呼を受けることはあったが、全員がそろわなかったために組織的な訓練を行うことができなかった。ここにやってきてからも「月月火水木金金」の勤務体制は崩されることはなく、朝の六時に起床して夜の九時に就寝するまで、スケジュールによって行動しなければならなかった。

ほとんどが「マルレ」の整備と体力の鍛錬についやされており、士気を鼓舞するために頻繁に軍歌を歌わされた。

整備工場と秘匿壕の行き来も日課になっていたが、とくにきつかったのは重いバッテリーをかついでの峠越えであり、将校がいないときにはこの場所で一休みをするのが習わしのようになった。朝鮮出身の隊員から教えられた〝アリラン〟を歌うことが多く、いつしか〝アリラン峠〟と呼ばれるようになった。

第二戦隊は、いままでは「暁第一六七七八部隊」と呼称されていたが、第三十二軍の指揮下に入ったために「球第一六七七八部隊」に変更された。本部と第二中隊の秘匿壕は、島の南側の阿嘉海峡に面したところにあったが、第三中隊は島の東側のニシバマという海岸にあり、第一中隊のみ慶留間島の阿嘉海峡に面したところにあった。

第三中隊の壕があったニシバマ海岸は、いまは海水浴やスキューバーダイビングのメッカになっている。ここからは美しい慶良間海峡を一望することができたし、座間味や渡嘉敷や安室などの島々を望むことができた。

朝から晩まで薄暗い壕の中で整備などしていたが、こんな中にあってもっとも楽しかったのが昼休みの時間であった。辺りの景色を眺めながら、寄せては返す波の音に聞き入っていると、戦争にやってきたことを忘れさせてくれた。昼休みを終え、壕に入って「マルレ」や爆雷を見たとたん、否応なしに厳しい現実に引き戻されてしまった。

阿嘉島にやってきてから半月ほどしたとき、船舶団長が慶良間列島に巡視にやってくることになった。そのときに爆雷の投下訓練が実施されることになったが、どのくらいの威力があるか想像することさえできなかった。

大勢の兵隊がニシバマの海岸で見物していると、座間味の基地を出発した「マルレ」が慶良間海峡に入ってきた。スピードを上げて斜めになって疾走したとき、後部に取りつけられていた二個の爆雷が落とされて数秒したとき、海面が大きく持ち上がり、しぶきが上がるのと同時に激しい爆発音が聞こえてきた。海面が変色してしまうほどたくさんの魚が浮かび上がったが、爆雷の投下訓練は一回だけで終了した。

爆雷の威力をまざまざと見せつけられたが、これは日中の比較的に静かな慶良間海峡での実験であった。荒れた暗い海で敵の艦船に接近しようとしたとき、どれほど冷静に対処することができるだろうか。阿嘉島にやってきてから、一度も「マルレ」で海に出たこともなく、投下訓練を見てかえって不安を覚えてしまった。

海にたくさんの魚が浮かんだため、基地隊の人たちがズボンを脱いで海に入っていき、それぞれたくさんの魚を抱えて戻ってきた。将校の許可を得ずにやったため、みんなが呼びつけられて叱責されていたが、船舶団長の前で威厳を示したかったのかもしれない。

秘密を守るため、「マルレ」を壕から出すことはほとんどなかった。燃料が不足しているために思うようにエンジンをかけることができず、整備に明け暮れする毎日になってしまった。退屈をまぎらすために同じ壕にいる仲間とおしゃべりをすることが多くなり、だんだんと士気が失われていくのを止めることができなくなっていた。

壕と宿舎の往復に歌わされていたのが軍歌であったが、将校の引率のないときにひそかに歌われていたのが民謡であった。

アリラン　アリラン　アラリョ　アリラン峠を越えゆく

私を捨ててゆく人は　一里も行けずに足が痛む

この歌は、朝鮮出身の隊員から教えてもらったものであったが、将校の姿が見えると、ぴたりとやんでしまい、示し合わせたように軍歌に切り替えられていた。

もう一つは沖縄民謡の〝安里屋ユンタ〟であった。

サー　君は野中のいばらの花か　サーユイユイ

暮れてかえればヤレホニ引き止める

マタハーリヌチンダラカヌシャマヨー

これが正しいものであったが、最後の「チンダラカヌシャマヨー」の部分だけ、「死んだら神様よ」と歌い替えられていた。

国民学校の前を歩いていたとき、馬来丸に乗っていたときの服装をした数人の朝鮮人の慰安婦が見えた。すかさず中隊長から、

「朝鮮の慰安婦が国民学校の裏の民家に宿泊しているから、隊員は話しかけるのはもちろんのこと、近寄ってもならない」

と言い渡された。馬来丸に乗っていた娘さんらしいことがわかったので親しみを覚えたが、挨拶《あいさつ》を交わすことさえできなかった。

出撃に役立てるため、付近の地形を知ることになった。阿嘉島でもっとも高いのが海抜が百九十六メートルの大岳であったが、見晴らしがもっともよいというので、百六十四メートルの中岳に登った。

草や木を分けるようにして山頂に達すると、基地隊の防空監視哨があり、二人が一週間交替で見張りについていたが、ここには無線の装置はなかった。

山頂から慶良間海峡が一望できるだけでなく、渡嘉敷や座間味などの島々が手に取るように見えた。慶良間列島は大小十数個の島々からなっており、行政的には渡嘉敷村と座間味村の二つからなっており、阿嘉島や慶留間島は座間味村に所属していた。

慶良間列島の中でもっとも大きな渡嘉敷島に百隻、列島の中央に位置する座間味島に百隻、阿嘉島に七十隻、阿嘉海峡を隔てた慶留間島に三十隻が配置されていた。西の洋上に屋嘉比島や久場島を望むことができたが、これらの島には軍隊は駐屯していなかった。このように慶良間列島は「マルレ」の基地になっていたが、山頂から眺めているかぎりでは、平和そのもののようであった。

沖縄方面に第三十二軍が創設されたのは、昭和十九年三月とのことである。当初は空軍基地隊の設置に重点がおかれていたが、サイパンやテニアンなどが相次いでアメリカ軍の手に陥ちると「捷《しよう》一号」作戦が展開され、急遽、慶良間列島に海上艇身隊の基地がつくられることになったという。

日本軍の資料によって明らかになったのは、慶良間列島は島が狭くて山間部が多いため、アメリカ軍が上陸してくることはまったく考慮されず、沖縄本島に上陸するためにやってきたアメリカの艦船を背後から襲う作戦になっていた。

休みが与えられないのは当然のこととしても、閉口したのは長期戦に備えて食べ物がとみに少なかったことである。伝えられてきた情報によると、われわれの船団を最後として輸送が途絶えてしまったため、食糧の補給が絶望的になり、さらに悪化することが予想されるようになった。

たくましい精神力をモットーにして訓練をつづけてきたが、疲労による落伍者が出るにおよんで、戦隊長の方針にもわずかな変化が見られるようになった。

めずらしいことに半日の休暇が出たため、思い思いに過ごすことになった。私は漁師の息子だという隊員に誘われ、水中眼鏡とモリを借りてきて魚を獲《と》ることにした。沖縄では四月から十月まで海水浴が行われているということであり、最初に漁師の息子がもぐっていき、色とりどりのきれいな魚を獲ってきた。

私も水中眼鏡を借りて冷たい海に入り、珊瑚礁《さんご》の間を縫うように泳いでいる青や赤っぽい魚を眺めることができた。私は魚を獲ることはできなかったが、美しい珊瑚礁を眺めたことができたのは予想以上の収穫であった。

獲った魚は食べるには惜しいようなものばかりであったが、腹の虫が収まらないためにナイフで裂こうとしたが刃が通らない。そのまま焼くと皮が柔らかくなり、捨てようと思った頭や骨を焼くと香ばしい匂いがし、すべてを平らげることができた。

⑨「マルレ」の修理

沈没した「マルレ」の修理は、予想以上に時間がかかってしまい、交替要員を出すことになった。私は数人の仲間とともに、小禄にある船舶工兵隊に派遣を命ぜられ、俗に「ポンポン蒸気」と呼ばれていた連絡船に乗り込んだ。はずむような音を立てながら阿嘉の港を後にし、途中、座間味港に立ち寄ってから那覇の港に向かった。

今回は渡嘉敷島の北側を巡って東シナ海に出るコースになっており、船尾から長い釣り糸が下げられていた。南北に長い沖縄本島を遠くに眺めることができたが、那覇の港に近づいて真っ先に目に入ってきたのが、高いところにあった波の上神社の鳥居であった。

那覇の港では、赤茶けた船腹を見せていた船が横たわったままになっていた。大型の船の出入りをはばんでいたため、連絡船はそれを避けるようにして岸壁に横付けにされた。初めて沖縄本島の土を踏むことができたが、一面が焼け野が原になっており、十・十空襲のつめあとをまざまざと見せつけられた。ほとんどの建物が原形をとどめておらず、波の上神社は鳥居を残すのみとなっており、いまだ硝煙の臭いがただよっていた。

この日は延べ千数百機による絨毯《じゅうたん》爆撃を受け、千数百人の死傷者を出し、市街地の九十パーセントほどが焼失したといわれている。

港の周辺にはたくさんの倉庫があったらしく、漏れ出した砂糖が道路を覆っていたために足場を見つけるのが困難なほどであり、甘酸っぱい匂いをかぎながら小禄の工兵隊に向かった。

市街地を抜け出すと、斜面になったところに大きな亀甲墓《かめこうばか》がずらりと並んでいるのが見えた。頭の上に荷物を載せて裸足で歩いている女性が見えたが、若い男性の姿はほとんど見ることができなかった。

指揮官がいなかったから気楽な面があったが、どのような任務が待っているのか見当がつかず、ちょっぴり不安の面もあった。二時間ほど歩いて小高いところにあった工兵隊に着くと、たくさんの兵隊が舟艇の修理などに当たっており、「マルレ」のところにいた仲間と交替することができた。


引き継ぎを受けたが、われわれにできる仕事はほとんどなかった。その日は作業の手順を見守るだけになっており、勤務を終えて小禄の民家に宿泊することになった。この家では五右衛門風呂を用意してくれていたし、初めて沖縄の料理を口にすることができた。

このようにして幾日か過ごしているうち、工兵隊の人たちや民家の人たちと親しくなり、さまざまな会話ができるようになった。

ここの工兵隊は、第七野戦船舶廠沖縄支廠といわれていた。木造輸送船舶の修理を主な任務にしており、電気工、木工、製材、船大工、エンジニアなどの部署があり、技術を身につけている軍属が多いという。沖縄の漁師さんから徴用した漁船の修理をしていたのは船大工さんであり、「マルレ」の修理をしていたのは三十歳を過ぎていたと思われる軍属であった。内地に残してきた妻子のことをさかんに心配していたが、手を休めることもなく話してくれた。

「私は船大工として徴用され、野菜や食糧を運搬する輸送船に乗せられ、先月、沖縄にやってきたばかりなんです。途中、アメリカの潜水艦の攻撃を受けるなどしたために一か月も遅れてしまい、那覇に着いたのが十・十空襲の直後でした。いろいろのニュースを耳にしているうちに、沖縄が戦場になるかもしれないと思うようになってきました。私たち船大工は、いままでは船の安全を祈願しながら仕事をしてきましたが、体当たりする舟艇の修理は初めてなんです。いままでのように舟艇の安全を祈るというわけにはいかず、このごろはみなさんの活躍を祈りながら作業をすすめることにしたのです」

黙々と働いていた兵隊が多かったが、だれもが沖縄の戦いが近いことを感じていたらしかった。

特攻隊員になったばかりのときは、日本の勝利を信じて疑わなかったが、年月の経過とともにこの信念がぐらついてきた。急いで訓練をしたというのに、沖縄へくるまでに二か月近くもかかったが、最初のショックは、輸送船にニセの高射砲が取り付けられていたことだった。「マルレ」の修理を見ているうちに、こんなちゃちなもので敵の艦船を撃沈できるだろうか、という疑問がさらに加わってきた。

「腹が減っては軍《いくさ》はできぬ」ということわざのように、空腹に耐える日がつづいているうちに戦意が喪失されるのがわかるようになった。

ある日、勤務を終えて民宿に戻ったとき、豚肉を使ったおいしい沖縄の料理を出してくれた。ここの主人は学校で歴史を教えたことがあるといい、沖縄の歴史や伝説についてさまざまな話をしてくれた。源為朝が沖縄にやってきたことがあるとか、空手や女性の簪《かんざし》はいずれも自己防衛のためのものであるという。

話を聞いているうちに、いくつかのことを尋ねることにした。

「那覇の港から小禄まで歩いてきましたが、丘にたくさんの墓らしきものがありました。あれはどういうものですか」

「あれは亀甲墓《カメヌクー》といい、先祖代々の墓なんです。小さい墓でも中の広さが六畳ほどあり、先祖の遺骨が瓶《かめ》に収められて並べられていますが、父系の血縁の門中墓のために他家に嫁いだ女子は葬《ほうむ》られないんです。墓は女性が寝そべって股《また》を広げた形になっており、穴は産道であって、死ぬと生まれてきた道を通って帰るとされているんです」

「阿嘉島でもたくさんのシーサーや石敢當が見られましたが、魔除《よ》けと聞いたのですが」

「石敢當というのは魔除けですが、悪魔は直線的にしか進むことができないといわれており、そのために丁字路などに表札のようにはめ込めてあるわけです。屋根の上に載せてあるシーサーには、台風の被害を少しでも軽くしたいという願いが込められているのです」

こちらの質問に親切に説明してくれ、沖縄の人の暖かさに触れることができた。

話を聞いてから庭に出ると、満月が中空にさしかかっており、明るく大地を照らしていた。本土で見る月と変わりはないはずなのに、本を読むことができるほどの明るさであり、一瞬、軍人であることを忘れさせてくれた。月を眺めていると内地のことが思い出され、〝月が鏡であったなら　恋しあなたのおもかげを〟と思わず口ずさんでしまったが、月がロマンにしてくれたからかもしれない。

庭先に大きな水槽があり、屋根に降った雨水を貯《た》めておくための装置がしてあり、水不足に備えられていたことを知った。軒に接するようにバナナの木が植えられており、たわわに実ったバナナを主人がもいでくれたが、その味は今もって忘れることができないほどおいしいものであった。

朝食の前に庭に出て那覇の市街地を一望したとき、ほとんどの建物が倒壊したり焼きつくされており、空爆のすさまじさに戦慄《せんりつ》を覚えてしまった。遠くにかすんでいる慶良間列島を望むことができたが、たとえ本島が戦場になったとしても、四十キロメートルも離れている阿嘉島が戦場になるなんて考えられなった。

民宿していたのは一週間ほどであったが、いまだ忘れることができないのが小魚の塩漬《づ》けと豚の沖縄料理であった。そのときには料理の名前は知らなかったが、後でわかったのは塩漬けの魚は「スクガラス」であり、豚の料理は「らふてい」であった。アンダーサーターギーは、お祝に使われるということであり、最後の晩に沖縄名産の「泡盛」と一緒に出してくれた。「スクガラス」も「泡盛」も私の口には合わなかったけれど、この好意はいまだに忘れることができない。

本島で民宿している間にたくさんの人に接し、風俗などが本土と異なっていることもわかった。多くの女性が荷物を頭に載せて運んでいたり、裸足《はだし》になっていた娘さんが街の中に入ると、履物を履《は》いたりしていたし、人名にしても年寄りには独特の名前が多かったのに、若者となると本土でも多い名前が使われていたらしかった。


阿嘉島に戻ることになった前の日、仲間の一人から発言があった。

「阿嘉島に戻っても現金を使う場所がないし、これから使うこともないんじゃないか。有り金をはたいて何かを食べたり、非常糧秣《りょうまつ》になるものを買って帰ろうじゃないか」

「黒砂糖なら保存しておくこともできるし、買うこともできるんじゃないか」

このような会話になって黒砂糖を探すことになり、街に出かけていくと食べ物屋が見つかったが、売られていたのは芋《いも》の羊羹《ようかん》と饅頭《まんじゅう》だけであった。二度と食べることはできないと思いながら口にし、黒砂糖を売っている店を教えてもらって、たくさんの黒砂糖を買い入れた。保存しておく目的で購入したというのに、豆の入った黒砂糖がおいしかったため、すべてを平らげてしまって持ち帰ることができなかった。

民宿の人たちの暖かいもてなしに感謝し、修理を終えた「マルレ」を連絡船に積み込み、那覇の港を後にした。船は東シナ海の荒波にもまれていたが、船員は何事もないかのように船尾に糸をたらしはじめた。しばらくすると大きな鰹《かつお》が引っかかり、船員は巧みな手さばきで調理し、大きな皿に盛りつけてわれわれに出してくれた。うまさもさることながら、食べ放題であり、おいしさと満腹感の最大のもてなしを受けることができた。

慶良間海峡に入った連絡船は仲間の出迎えを受け、「マルレ」は基地隊の人たちの手によって秘匿壕に運び込まれ、ようやく第三中隊の陣容がそろった。修理された「マルレ」にはあっちこっちにベニヤ板の継ぎはぎがあり、速力の低下が懸念されてしまった。

⑩ 緊迫してきた戦局

新聞を読むことができなければ、ラジオを聞くこともできなかったが、ときたま、本部付きの隊員から情報がもたらされた。東京が初めてB29の空襲を受けたり、フィリピンで「マルレ」が出撃して大きな戦果を挙げたことを知った。先を越されてしまったという感じがしないでもなかったが、そんなことより、アメリカ軍に「マルレ」の存在がばれなかったかどうか気になってしまった。

いままで、秘密が漏れないようにさまざまな工夫がなされてきたが、秘密がばれたときの対策は講じられていなかったらしい。

やがて新年を迎えようとしていたが、暖かいためにどうしても正月気分になることができな

い。元日が休めるかどうか気にしていると、急遽《きゅうきょ》、

「たるんでいる軍規を粛正することにするから、すぐに国民学校に移れ」

との命令が下された。

十二月三十日、あわただしく引っ越しを終えると、大晦日《おおみそか》に講堂でささやかな忘年会が開かれた。隊員の大部分が未成年者だというのに酒が振る舞われたが、これは死出の旅へのもてなしだったのかもしれない。

酒を口にしない隊員も少なくなく、将校が一緒だったためか盛り上がりに欠けたものとなってしまった。就寝の時刻には打ち切られ、元日はのんびりできるかもしれないと思いながら毛布にくるまった。ところが、暗い時刻に非常呼集がかけられ、手探り状態で軍装をして暗い校庭に駆けつけると、そこにいたのは隊員からもっとも恐れられていたA少尉であった。

「貴様たちはたるんでいるぞ。今年は死ぬことになるんだ。これから天皇陛下からお預かりした大事なマルレのところへいき、新年のあいさつをして来い」

元日早々の非常呼集に不満を抱いた者もいたが、それを言葉にすることも表情に出すことさえできない。秘匿壕まで数百メートルほどあり、いっせいに飛び出していったが、〝アリラン峠〟に差しかかると、大半がばててしまった。真面目くさって「マルレ」にあいさつをした隊員もいたらしかったが、戻ってきたときには、だれもへとへとになっていた。

新年の儀式が行われることになり、阿嘉島にいるすべての兵隊が国民学校の校庭に集合することになった。たくさんの兵隊がいることは想像していたが、校庭に入り切れなくなった兵隊

が道路まで埋め尽くしていた。全員が姿勢を正して北東の方に向き直り、皇居遥拝《ようはい》の儀式が厳《おごそ》かに行われ、決意表明ともとれる戦隊長の訓示があった。

「ことしは、沖縄の決戦の年になることは間違いない。新しい年を迎えて決意を新たにして、いざというときに備えてくれ」

訓示の要旨はこのようなものであったが、このときに基地隊長と戦隊長の二人の大尉が同時に少佐に進級したことが伝えられた。親子ほどの年齢差があったのに、二十六歳の戦隊長が阿嘉島の司令官になったのは、陸軍士官学校を卒業していたからだといわれていた。

中隊長も全員が中尉に昇進し、見習士官だった群長も晴れて少尉に任官して座金が取り外された。われわれ隊員も、全員が上等兵から伍長に昇任したことを知らされたが、辞令もなければ階級章も渡されなかった。

その後、中隊長の訓示があった。

「いままでは、出撃して戦死すれば二階級特進して曹長になることになっていた。そのために曹長の階級章を渡してあったが、今回、規則が改正されて少尉に特進することになった。さきに与えた曹長の階級章が必要なくなったから、ただちに返納してもらいたいが、少尉の階級章がないから渡すことはできない。出撃して戦死をすれば、みんな将校になるんだから、よろこんで任務についていてくれ」

死んでしまえば階級なんかどうでもよいと思っていたが、将校という身分にこだわっていた隊員が少なくないことを知った。

新しい年を迎えたため、ほとんどが数え年二十歳になった。二十歳未満の者の飲酒や喫煙は法律で禁止されていたが、全部の隊員に一日に二本の恩賜《おんし》の煙草《たばこ》が支給されることになった。私は満二十歳に達していなかったし、煙草を吸う気になれなかったため、与那嶺さんの家の人や整備の兵隊に与えたりしていた。

特攻隊員になってから、ほとんどの隊員が一度も手紙を出していないし、受け取っていなかった。鹿児島にいたときや本島に渡ったとき、ひそかに実家に電話した者もいたらしかったが、私の実家には電話はなかった。阿嘉島にも電話がなかったから、ほとんどの隊員が家族や友人との連絡が断たれたままになっていた。

こんな状態のとき、思いがけなく届けられたのが慰問袋というお年玉であった。送り主は広島県の女性であり、その中には石鹸や手袋やちり紙などのほか、きれいな文字の手紙が添えられていた。

「天皇陛下や日本のために立派な手柄を立て、靖国神社に祀られるようにお祈りしています」

このような文面を読んだとき、軍人を志願したときの気持ちがよみがえり、国家のために死ぬ覚悟を新たにさせられた。

正月の三日、ボーイングB29が慶良間の上空に初めて姿を見せた。ゆうゆうと北に向かって飛んでいったが、どんな目的なのか、どれほどの高度なのかわからない。物知りの隊員の話によると、数千メートルほどの高さであり、日本軍の戦闘機も飛び上がることができなければ、高射砲も届かない高度だという。

B29は頻繁《ひんぱん》にやってくるようになり、そのたびに空襲警報が発令され、みんなが国民学校の裏山の壕に避難した。一月の下旬、黒い胴体のグラマンのF6F戦闘機が初めて見え、超低空を飛んできて銃撃を加えてきたとき、星のマークをはっきり見ることができた。金属音をひびかせながら繰り返しやってきたため恐怖を覚えたが、立ち去ってからも緊張を解くことができなかった。


規律が厳正だといわれていた軍隊であったが、輸送船に乗ってからは給料をもらったことはなかった。伍長に昇進した日付だってはっきりしていないし、戦死をすれば二階級特進して曹長になるといわれていたが、それも撤回されてしまい、新たに少尉に特進するといわれた。「マルレ」に搭載する爆雷の装置だって二転三転し、体当たりするための訓練をしていたというのに、受け取った「マルレ」は、投下する方式に変更されていた。

アメリカ軍の艦船の接近が近いことが予想されていたのに、またもや投下の装置に変更が加えられることになった。二個の爆雷を別々にして投下させたのでは威力が半減するとして、二個の爆雷を結束して投下する装置に改造することになった。

短期間に改造を終えなければならなかったが、じゅうぶんな設備があるわけではなかった。整備中隊の兵隊がいろいろと工夫しながら、装着する金具を改造すると、取り外された金具で槍《やり》をつくって少年義勇隊員や婦女子に持たせることになった。どれも場当たり的なものであり、百隻の「マルレ」の改造は容易ではないらしく、いつになっても、私の舟艇の順番が回ってこなかった。

危機迫った状況になっても、歌われていたのが歌謡曲であった。

花摘《つ》む野辺に日は落ちて　みんなで肩をくみながら
歌を歌った帰り道　幼なじみのあの友この友
ああ誰か故郷を思わざる

だれかが「誰か故郷を思わざる」の歌を口ずさむと、みんなが口を合わせていた。戦闘の準備をしているとき、このような歌はふさわしくないという意見もあったが、多くの隊員は緊張をほぐすために歌っていた。ひそかに歌っていたため、将校の姿が見えると、軍歌に切り替えられていたが、これはささやかな抵抗だったのかもしれない。

軍隊で国民学校を使用することになったため、生徒は三学期から学校の近くのガジュマルの木の下で授業をすることになった。正月の野外は寒かったと思われたが、島の人たちの多くが特攻隊員には好意的であったから、和《なご》やかな関係を持ちつづけることができた。

民宿にいたときには八人の隊員だけであったが、講堂では将校を除いた三十人の隊員が一緒に起居することになった。船から民宿と一緒に生活していた隊員の気心はわかっていたが、学校に合宿するようになると、新たに親しい仲間ができた。

印鑑の必要性を感じなかったのに、山梨県出身の隊員は、どこからか木を見つけてきては、こつこつとみんなの印鑑をつくっていた。父親が大きな劇団の脚本家だという隊員は、全員の名前を折り込んだ戯曲をつくって、みんなをよろこばせてくれた。

これらの仲間を見ているうちに、なんの技術も趣味もないことにちょっぴり反省させられたが、死を前にしては、どれにも取り組む気になれなかった。

戦況がどのように推移しているのかまったくわからなかったが、それを知らせてくれたのがボーイングB29やグラマンF6F戦闘機であった。慶良間列島の上空にやってくる頻度が多くなり、一月二十二日と二十三日の両日、グラマン機の銃爆撃によって連絡船が撃沈させられてしまった。本島や近隣の島との連絡や輸送が不可能な状態になってしまい、戦局が一段と厳しいものになってきた。

戦闘の準備に拍車がかかるようになったが、このときになってもアメリカ軍が慶良間列島に上陸してくることは想定外になっていた。

⑪　朝鮮人の慰安婦

従軍慰安婦は、海外に出兵した日本軍人が地元の婦女を強姦《ごうかん》したり、性病にかかるのを防いだり、士気高揚のためにはじめた制度だといわれている。どこの国の軍隊にあっても、食糧を携帯していかなければ他人の食べ物を奪い、性の欲求のはけ口として婦女暴行を起こす傾向にあるという。従軍慰安婦の制度のあるなしにかかわらず、軍人と性の問題は切っても切れない関係にあるらしい。

私が初めて慰安婦を見たのは、昭和十九年十月の下旬であり、鹿児島湾で輸送船の名瀬丸から馬来丸に乗り移ったときであった。そのときには、どうしてたくさんの女性が沖縄に向かうのかわからなかったが、中隊長から、

「この船に乗っているのは慰安婦であり、近寄ることも話しかけることも厳禁する」

との命令が出されたため、初めて慰安婦であることがわかった。

慰安婦に近寄ることが禁止されていても、船尾に張り出された簡易トイレにいくときにはすれ違わなければならない。男女別々になっていたとはいえ、ときには隣同士で用便をしなければならないこともあった。

名瀬丸では空腹に耐えなければならなかったが、馬来丸に移るとそれが解消された。それだけでなく、輸送船団が鹿児島湾を出航すると、船酔いをする慰安婦が続出したため、腹一杯食事をすることができるようになった。

沖縄に向かう東シナ海では何度も警戒警報が出され、アメリカ軍の潜水艦の恐怖におびえ、輸送船団も大きな被害を受けてしまった。四日間にわたって危険の海をともにしたが、慰安婦の人たちは全員が那覇で下船し、われわれは阿嘉島に向かったため、その後のことはわからな

かった。

阿嘉島に着いて一週間ほどしたとき、われわれの後を追うかのようにしてやってきたのが七人の朝鮮人の慰安婦であった。このときも中隊長から、

「朝鮮人の慰安婦が学校の裏の南風荘にいるが、隊員は近寄ってもならないし、声をかけてもならない」

との厳命が出された。ときおり集落のなかですれ違ったり、遠くで見かけたりすることがあったが、楽しそうな表情を見たことはなかった。

聞くところによると、慰安婦と性的な関係を持つことができたのは、将校と基地隊の下士官に限られていたという。われわれ戦隊員には関係のないことであったが、多くの兵隊にとって貴重な存在になっていたことは間違いない。慰安婦をおくときに一部の島民の反対があったということだが、「それでは、島の娘さんがおかされることになるぞ」といわれたという。

本当かどうかわからないが、緊張状態がつづくと、性的な欲求がなくなるというから、兵隊の性の処理はそれほどむずかしくなかったのかもしれない。

朝鮮人の慰安婦を特別な目で見る兵隊もいたが、われわれの戦隊本部には朝鮮出身の隊員がいた。民謡の〝アリラン〟を教えてもらったり、いろいろと話し合ったりしていたから、朝鮮人に違和感を抱く者はいなかった。馬来丸で同じ食事をしたり、沖縄にやってくるまでに危険な目に合うなど、経験を共有していたから親しみさえ増していた。

昭和二十年二月、第三十二軍の作戦の変更により、阿嘉島の主力の基地隊の大半が本島に移

っていった。七人の慰安婦も三か月ほどで島から去っていくと、入れ代わるようにしてやってきたのが、「水上勤務隊」と呼ばれていた朝鮮人の軍夫であった。本島に渡った慰安婦のその後の消息はわからないが、座間味島や渡嘉敷島にいた慰安婦には、本島に渡った者は一人もいなかったという。

阿嘉島から慰安婦が去っていった理由については、戦隊長は何も語っていないが、朝鮮人の軍夫とトラブルを起こしたくない配慮があったらしかった。

⑫ 戦闘の準備

いままではB29の偵察だけであったが、一月下旬になると、グラマンF6F機の襲撃を頻繁に受けるようになった。艦載機が飛来してきたことによって、航空母艦が沖縄の周辺に近づいているように思えてきた。そのような状況になってきたというのに、作戦に大きな変更があったらしく、主力の基地隊の大半が本島に渡ったのである。

二月の上旬から移動が開始されると、入れ代わるようにしてやってきたのが武器を持たない朝鮮人の軍夫たちであった。「水上勤務戦隊」と呼ばれており、「マルレ」が出撃するときに爆雷を搭載したり、壕から引き出す作業に従事することになっていた。ところが、差し迫った戦局になっていたため、陣地の構築が優先させられてしまったので、訓練をする時間的な余裕がなくなっていた。

島に残ったのは、少数の基地隊員と通信や整備の兵隊とわれわれのみになってしまったが、アメリカ軍が慶良間列島に上陸してくると考えられなかったため、不安視する兵隊はほとんどいなかった。敵の艦船が沖縄にやってくれば、「マルレ」が出撃することになっていたから、われわれに対する期待が一段と高いものになってきた。

緊迫した気持ちを抱きながら日々の訓練に励んでいると、ついに、国民学校もグラマン機の銃撃を受けるようになった。危険を避けるため、各中隊とも分散することになり、第三中隊は学校の裏山の兵舎という名の掘っ立て小屋に移った。素人がつくったお粗末なものであり、堅い土の上に筵《むしろ》が敷かれていただけであったから、寝心地がいたって悪かった。遠い炊事場まで食事を受け取りにいかなければならなかったが、唯一の救いは秘匿壕が近いことだった。

「物量に対する精神力の戦いだ」と何度も聞かされてきたが、空腹を抱えながらグラマン機から逃げ隠れしているうち、だんだんとその言葉がむなしいものに思えてきた。

山の中の兵舎もグラマン機に狙《ねら》われるようになると、防空壕に避難せざるを得なくなった。秘匿壕は銃撃には耐えることはできても、爆撃の危険がともなうために安全な場所とはいえなくなってしまった。グラマン機がやってくるのは、朝の八時過ぎであることがわかったため、それまでに「マルレ」の整備などを終えることにした。

グラマン機の襲撃が頻繁になってくると、緊張のためか、冷静さを欠く兵隊が出るようになった。一部の将校は時間に関係なく、非常呼集をかけてきた。どんなに早く集まっても、「集合が遅いぞ」とか、「脚絆《きやはん》の巻き方が悪い」といっては隊員を怒鳴りつけた。もう一人の将校は、怒鳴るだけでは物足りないらしく、軍刀の柄《え》で小突いたり、軍靴で蹴飛ばすなどの乱暴な行動をするようになった。

われわれだって冷静でいられなくなり、反発する空気が徐々に生まれてきたが、対抗する手段を見つけることができなかった。

「貴様らはたるんでいるぞ。そんなことでは、敵をやっつけることはできないぞ」

士気を鼓舞するためだといいながら、ことあるごとに発破《はっぱ》をかけてきた。恐怖なのか、緊張なのかわからなかったが、ストレスのはけ口を、われわれに向けて発散させているみたいであった。

A少尉からびんたを食らわない隊員は、数えるほどになってしまった。全員を二列に向かい合わせて並ばせ、お互いを殴り合わせる卑劣なやり方をするなど、意地悪はますますエスカレートした。抜き打ち的に装身具などの一斉点検をして、不備な点を指摘していたが、まるで部下をいじめるのを楽しみにしているようだった。

「貴様らが持っているのは、みんな天皇陛下からお預かりした大切な兵器なんだぞ。いつでも使えるように整備しておかなくちゃ、戦争に勝つことだって、天皇陛下のために働くことだってできないんだぞ」

どのような言い方をされても、どんな仕打ちをされても反発することができない。学歴は同じようなものであり、年齢差だって二つぐらいしかなかったが、伍長と少尉の階級の違いはあまりにも大きかった。

だが、このようなことがたび重なるうち、隊員の反抗心は徐々に大きくなっていった。非常呼集をかけられても急がなくなり、命令されても聞こえない振りをしたり、ときには復唱を間違えたりした。目に見えないような抵抗であったが、このようなことをつづけていると、今度は少尉の方に少しばかり変化が見られるようになった。

いつ出撃するかもしれない状況になってきたとき、極端に口数が少なくなった将校もいたし、おどおどする隊員も見られるようになった。いままでどんなに立派なことを言ってきた将校や隊員も、死の危険を感じるようになったため、本性を現してしまったのかもしれない。

Ａ少尉は、自分に言い聞かせているかのように、いろいろのことをいった。

「お前たちの墓場は慶良間海峡なんだぞ。死骸《しがい》は魚の餌になり、その魚はやがて漁師に捕獲され、それを人間が食べることになるんだから、犬死にはならねえんだ。マルレには二千五百円もの費用がかかっているんだから、高い棺桶《かんおけ》をもらったと思って感謝するんだな」

どんなつもりでこんな話をしたかわからないが、露骨にこのようなことをいわれると、気分のいいものではない。

Ｓ少尉はＡ少尉とは、異なった生き方をしていた。軍人らしからぬ人物と映っていたＳ少尉の方が、なぜか隊員の人望があった。戦闘がはじまったときにどんな行動がとれるかわからないが、いつも怒鳴っている将校より、おとなしい将校の方が落ち着いているように見えた。

私的制裁は原則として禁止されていたが、将校が部下を蹴ったり殴ったりする光景はしばしば見られた。部下をいじめる将校ほど隊長には忠実な部下のように振る舞っていたから、より腹立たしい気にさせられた。

基地隊の兵隊にはいくつもの階級があり、上官に怒鳴られた腹いせを部下に向ける者もいた。ところが、最下級の兵隊には当たりどころがなく、鬱憤《うっぷん》のはけ口を島民に向ける者もいたらしかった。われわれ隊員には部下はいなかったが、民宿をして島民と親しくしていたため、怒鳴られも殴られても、じっと我慢しているほかなく、できるだけストレスをためないように心がけていた。

差し迫った戦局になっても歌わされていたのが、「船舶特別幹部候補生隊歌」であった。

不壊《ふえ》神州に妖雲の　かげりて暗き時ぞ今
父祖伝来の血はたぎり　こぞりて参ずる小豆島
ああ純忠の香に匂う　清き真の若桜
我らは船舶特幹隊

士気を鼓舞する目的で歌わされていたが、いつの間にか憂さ晴らしみたいに歌われるようになってしまった。

第二章――戦闘

① 砲爆撃の恐怖

Ｂ29やグラマン機がやってきても、日本の戦闘機が飛び立った気配はまったく見られず、高射砲の音も聞こえず、制空権が敵の手に落ちているものと思われた。大艦隊が沖縄に向かっているとの情報が入ると、さらに緊張が高まり、だれもが戦いが避けがたいものと思うようになった。島民はおののくようになり、田植えの時期がやってきていたのに、手がつかない状態になっていた。

見兼ねた基地隊の鈴木大尉が島民を励まし、農業専門学校で学んだ技術を生かして田植えを行ったが、収穫できるかどうか危ぶまれていた。田植えをした面積だってわずかなものであったが、それでも島の人たちにとっては貴重な食糧であった。

グラマン機がやってくるたびに、島民も兵隊も防空壕に避難せざるを得なかった。港に係留されていた大小の船はつぎつぎと破壊されてしまい、他の島との連絡さえ困難になってきた。じわじわと身辺に危険が迫り、明日にでも出撃するかもしれない状況になってくると、なんともいえぬ緊張に包まれてきた。

死なんか怖くはない、と上官に答え、自分にも言い聞かせてきた。死を覚悟して訓練にはげんできたが、百二十キロの二個の爆雷を抱えて敵の艦船に突っ込むことを考えると、死の怖さを感じずにはいられない。その反面、何千トン、いや数万トンもある敵の艦船を撃沈することができたら、男子の本懐これにすぐるものなしと思ったりした。

切羽詰まった状況になってきたとき、周辺の地形を知るために第一中隊の秘匿壕のある慶留間島の山頂に登ることになった。この島には三十隻の「マルレ」が配置されていたが、その場所は阿嘉島に面した島の北側にあった。阿嘉海峡は幅が数十メートル、水深が三十メートルほどで流れが早かったから、泳ぎが達者でないと渡るのは困難であった。

島の人の船で慶留間島に渡り、木や草をかき分けながら、高さは百メートルほどの山頂に達すると、島の南側に小さな集落が見えた。いまは飛行場ができている無人の外地島が南に接しており、数キロメートル離れた西の彼方に久場島があり、はるかかなたに久米島が見えていた。手の届きそうなところに阿嘉島があったが、狭い平地は人家で埋めつくされており、名勝地のサクバラの奇岩を初めて目にすることができた。白浜に囲われた緑の島々は紺碧《こんぺき》の海にくっきりと浮かび上がっており、美しい慶良間列島の全体像を脳裏に刻み込み、出撃のときに役立てることにした。

慶良間列島に配備されていたのは三個戦隊であったが、山の上から確認することのできたのは阿嘉島の秘匿壕のみであった。壕を覆《おお》っていたアダンには枯れ葉が見えており、じゅうぶんに秘匿の役目を果たしているとは思えなかった。

本島の周辺に敵の艦船がやってくれば出撃しなければならないが、沖縄にやってきてから「マルレ」を操縦したことはなかった。自信を高めるために山に登ったというのに、荒れた外洋を見てしまったため、かえって不安を増すことになってしまった。

山の南側に下りると、海岸は密生していたアダンに隠れて見ることができなかった。小さな集落の家々は珊瑚《さんご》の石と闊葉樹《かつようじゅ》に囲まれており、赤瓦の屋根にはシーサーが見られた。畑を耕《たがや》しているお年寄りの姿が見えており、戦争のいぶきを感ずることができなかったが、戦争にならないという保証はどこにもなかった。

平和でありたいと願っても、平和という言葉を使うことさえできないほど差し迫った現実になっており、慶良間列島に敵がやってこないことを願うのみであった。

内緒で蛸《たこ》を買ってきたS君が、宿舎まで持ち帰ったところを将校に見つかった。

「ここに蛸を埋めて杭《くい》を立て、これからは絶対にこのようなことはいたしませんと誓いを立てておけ」

いつも大言壮語をしていたS君であったが、真面目くさった態度で誓いを立てていた。おかしくなってしまったが、笑いたくても笑うことができなかった。

埋めた蛸のことが気になっていると、炊事の軍曹がシャベルを持ってやってきた。

「食べ物が足りないというのに、どうしてこんなことをするんだ」

このようにいって持ち帰ったため、将校との関係が気になっていたが、夕食に蛸が入った食事が出され、話し合いができていたことがわかった。

これまでに散発的な空襲は何度かあったが、本格的な空襲にさらされるようになったのは三月二十三日からであった。この日は数え切れないほどのグラマンF6F戦闘機がやってきて、秘匿壕や集落に銃爆撃を加え、阿嘉島での戦いの火ぶたが切って落とされた。幸いにも人身に対する被害は軽微であったが、航空母艦が沖縄に近づいていることがはっきりした。

出撃が現実的なものとなってきたが、このときになっても、慶良間にアメリカ軍が上陸してくると考える将校は少なかったらしい。

夜になると、戦隊本部から全員集合せよとの命令があった。出撃できる準備をして国民学校の校庭に駆けつけたが、激しい銃爆撃を受けたばかりの兵士の顔は異常なほど緊張していた。容易でない事態の発生を目前にしたためか、若い戦隊長の訓示はてきぱきしていたものの、悲愴感をただよわせており、隊員の決意をうながす効果はじゅうぶんにあった。

この日の空襲により、第三中隊の秘匿壕の「マルレ」の大半が破壊され、島のあっちこっちで火の手が上がり、数名の死傷者を出す事態になってしまった。

すでにアメリカ軍は硫黄島を陥れ、大輸送船団が沖縄に向かっているとの情報が伝えられ、出撃が目前に迫ってきたことを実感した。このような状況になっていたとき、慶良間列島の巡視に見えていた大町大佐の一行は、二十四日の早朝、座間味島から阿嘉島にやってきた。

この日も終日、グラマン機の銃爆撃に加え、コンソリデーテッドB24による爆撃があった。あっちこっちに焼夷弾が投下され、いたるところ火の手が上がるようになったため、恐怖におびえた島の人たちは危険がもっとも少ない谷間に逃れた。危険が迫ってきても、タコツボから逃げ出すこともできず、夕方になって敵機が引き上げていったために本部の壕にもどることができた。

さっそく、「マルレ」の安全を確かめるために秘匿壕《ひとくごう》にいった。壕の付近には六角形をした長い筒の焼夷弾があっちこっちに林立しており、不発弾と思えるものがいくつか見られたが、確かめることはできなかった。

ほとんどの秘匿壕の入口は土砂で埋まっており、出撃可能な「マルレ」を調べるのも容易ではない。土砂を払いのけて壕に入って調べると、「マルレ」の一部が破壊されていて、出撃できそうになかった。破壊されていない「マルレ」もいくつかあったが、これとて壕から引き出すことができるかどうかわからない。

初めて銃爆撃の恐怖にさらされたため、まんじりともできない一夜をすごした。二十五日の未明、大町大佐の一行は阿嘉島の巡視を終え、F少尉の操縦する「マルレ」で渡嘉敷島に渡ったが、どんな作戦をたてるというのだろうか。

山頂近くのタコツボで敵情の偵察をしていると、東の空が明るくなってきた。渡嘉敷島の南東に見える東シナ海は、数え切れない艦船によって黒一色に塗りつぶされていた。午前八時を過ぎると、グラマンの四機編隊がやってきて銃爆撃を加え、B24もやってきて焼夷弾を投下したため、燃料タンクも焼かれて、黒煙が中空に吹き上げられていた。

海上すれすれに飛んでくるグラマン機があるかと思うと、慶留間島の山陰から姿を見せる四機編隊もあり、獲物をねらっては急降下の姿勢をとっていた。一つの編隊が立ち去ったかと思うと、別の編隊がやってきたから、慶良間の空からは敵機が消えることがなかった。掃海艇らしきものが慶良間海峡を縦横に走り回り、仕掛けられていない機雷の発見につとめているのも見られた。

タコツボにも艦砲射撃の危険が迫ってきたため、近くの秘匿壕に移動しようとしたとき、山陰からやってきた四機編隊のグラマン機が見えた。その場にひれ伏せて通過するのを待っていると、そのうちの一機が翼を垂直にして急降下の態勢に入ったが、周辺には身を隠すような場所は見当たらない。

猫にねらわれた鼠《ねずみ》のように身動きができなくなってしまった。祈るなどの余裕はなく、放心したようになってしまい、鉄兜《てつかぶと》を唯一の頼りとして運を天に任せることにした。目をつむってうずくまっていると、何十発か何百発かわからないほどの機銃弾が山肌に撃ち込まれ、耳をつんざくばかりの爆音を残してグラマン機は飛び去っていった。数十センチ、いや数センチ違っていたら、十三ミリの銃弾によって蜂の巣のようにされていたかもしれない。

転げ落ちるようにして秘匿壕に逃げ込んだが、そこにも危険が迫っており、奥の方に隠れなから暗くなるのを待った。壕のなかには鋼鉄線で結束されて二個の爆雷が置かれていたから、気が気ではなく、銃爆撃の恐怖にさらされながら、じっと我慢していた。暗くなって爆音が聞かれなくなり、周辺の様子を見ながら壕から抜け出して、仲間のいる山腹の壕に逃げ帰ることができた。

激しい砲爆撃は、二十三日から連日つづいたが、もっとも激しかったのが二十五日であった。この日にはグラマン機に加えてコンソリデーテッドB24も加わり、一日じゅう、銃爆撃や焼夷弾などの洗礼を受けてしまった。秘匿壕も「マルレ」も破壊され、民家も大きな被害を受け、燃料タンクも食糧倉庫も焼かれて、将来に大きな不安を残すことになった。

アメリカ軍が上陸してくる可能性がますます強くなってきたが、迎え撃つ武器といえば、重機関銃二梃のほか軽機関銃と擲弾筒《てきだんとう》や小銃など貧弱なものであった。戦闘の経験のある兵隊だって少なく、重機関銃だって敵の戦車を撃ち抜く威力はないという。出撃できなくなった隊員は、「岡に上がった河童《かっぱ》」同然とさせられたが、所持している武器といえば、拳銃とサーベルと二個の手榴弾だけであった。

このような不利な状況になっても、「必勝の信念」を持ちつづけることができたのは、軍隊での教育のたまものだったかもしれない。

暗くなって敵機が引き上げていくと、夜間の行動が開始された。ふたたび「マルレ」の安全を確かめるために秘匿壕に出かけていくと、小型の艦艇が慶良間海峡を走り回っているのが見えた。渡嘉敷や座間味などの島々も赤々と燃えて海面を照らしており、あっちこっちに異様な光景が見られた。破壊された秘匿壕に入って調べたところ、出撃が可能な「マルレ」を見つけることができなくなっていた。

どのような命令が下されるかわからないが、アメリカ軍が上陸してくれば、この狭い島で戦わなければならない。生か死か、切羽詰まったことを考えていたのに、疲れと睡眠不足が重なっていたため、いつの間にか眠りに入っていた。

② アメリカ軍が上陸

二十六日未明、同僚と二人で山頂近くのタコツボで敵情の偵察を命ぜられた。

明るさが増してくると、渡嘉敷の南方洋上だけでなく、阿嘉島の西南の海面にも艦船が集結しており、広い洋上が黒一色に塗りつぶされているようだった。グラマン機が乱舞をはじめると、これに呼応するかのように巡洋艦や駆逐艦の艦砲射撃が開始され、どこからともなくロケット砲が飛んできて辺りで炸裂した。

グラマン機は獲物を探しているように、兵隊の姿が見えると、急降下して銃撃を加えてきたため、隠密行動をとらざるを得なかった。

慶留間島の西方の洋上に停泊していた輸送船から、つぎつぎに上陸用舟艇や水陸両用戦車が降ろされていた。艦砲射撃やロケット砲やグラマンの機銃の援護を受けながら、たくさんの上陸用舟艇が阿嘉島を目ざしてきた。

間隙をぬって本部に報告をし、ふたたびタコボに戻ったときには、すでに十数輌の戦車や上陸用舟艇が港の近くの海岸に上がっていた。戦車の後ろには、銃を構えた青い服の兵隊が見え隠れしていた。

隊伍を整えた戦車が山に上ってきたため、思わずポケットの中の手榴弾を握りしめたが、急な坂道にはばまれて立ち往生をしてしまった。何度か上ることをこころみていたが、あきらめたらしく引き返していったため、大きな危険を避けることができた。

二月に主力の基地隊が島から去っていったため、島の装備は貧弱な装備になっていた。重機関銃だって、敵の戦車を貫く威力はないといわれており、太刀打ちができる武器はなく、こちらから攻めていくことができにくかった。

タコツボも、グラマン機や砲撃の危険にさらされたため、本部の壕に戻って報告し、ようやく偵察の任務が解除された。

初めてグラマン機の銃撃を受けたときは、恐怖のために全身がふるえてしまうほどだったが、何度も危険にさらされているうちに、死の恐怖が薄らいできた。逃げたからといって助かるという保証はなく、狙われたからといって殺されるとはかぎらず、生と死が紙一重であることがわかった。

第二中隊の人たちの安否が気づかわれていると、全員が戦死したらしいとの情報がもたらされた。阿嘉島全体が危険にさらされていたから確かめる術《すべ》もなく、慶留間島の第一中隊のこととなると何一つわからない。はっきりしているのは、アメリカ軍が阿嘉島に上陸し、絶えずグラマン機が飛び交っており、頻繁に艦砲射撃の破裂音が聞こえていることであった。

午後になると、アメリカ軍は阿嘉島の東南の岬の上に陣地の構築をはじめたのが、肉眼でも確かめることができた。戦車の周辺や海岸には、動き回っている兵隊の姿が見られ、それを援護するかのようにグラマン機による銃爆撃はますます激しくなってきた。

陸海空と呼応したすさまじい攻撃の前になす術《すべ》をなくしてしまい、悪夢とも思えるような出来事はいつまでもつづいた。死傷者は増えるばかりであり、移動する途中で同僚が直撃弾を受けて即死し、私は土煙を浴びてしまった。足を切断されて動けなくなった兵隊から、

「殺してくれ、殺してくれ」

という声が聞かれたが、どうすることもできない状況になっていた。

たとえ医務室に運ぶことができたとしても、たった一人の軍医とあっては、助かる命だって助けることができなかったかもしれない。

アメリカ軍の激しい攻撃が一段落したとき、ようやく乾パンを口にすることができた。危険をおかして谷川から水を汲《く》んできたとき、斥候に出ていた兵隊から、

「数十名のアメリカ兵が第三中隊の壕のある付近から上陸し、山に上ってくるところでありま

す」

との報告があった。

戦隊長の命令を受け、数人の仲間や基地隊員らとともに出かけていった。山が焼かれていたから隠れる場所が少なく、谷川に沿うように進んでいくと、〝ビュン、ビュン〟という自動小銃の発射音が間断なく聞こえてきた。

息を殺して戦況を見守っていたとき、最年配の基地隊の下士官が、「お前たちは〝特幹〟なんだから、突貫したらどうだ」と皮肉っぽい言い方をした。本気でいったとは思えなかったために聞き流したが、「突っ込め」と命令されれば襲撃するほかなかった。

敵が隠れていないかどうか確かめていると、頭をかすめるように四機のグラマン機が飛び去っていった。機首を斜めにして急降下の態勢をとっているグラマン機の姿がはっきりと見えたが、上陸してきたというアメリカ兵の姿を見ることはなかった。

全員が死亡したとの情報を耳にしていたが、第二中隊では一部の犠牲者があったものの、大部分の安全が確認された。第二中隊の秘匿壕は、艦砲や空爆の死角になっていたために、被害を免《まぬか》れた「マルレ」のあることがわかった。

昼間の喧噪《けんそう》が嘘《うそ》のように、静かな夜を迎えることができたが、いまだチョロチョロと燃える光があっちこっちに見えていた。ときおり、バリバリと生木が燃える音や気味わるい鳥の鳴き声が聞こえてきたが、これからの行動については何も知らされなかった。

すでに集落はアメリカ軍に占領されており、行き場を失った島の人たちは、頂上から少し下がった谷間に避難していた。どのようなことが話し合われていたかわからないが、アメリカ軍に捕まる前に自決するという雰囲気にあったらしかった。医務室に運ばれた怪我人《けが》のなかには、みんなに迷惑をかけたくないといって自殺した兵隊がいたという。一方には何をしてよいかわからない島民の集団があり、戦隊本部の前では、将校の作戦会議の結果を待っている悲壮な兵隊の姿が見られていた。

アメリカ軍が上陸してきたときの阿嘉島の戦力は、「沖縄県教育委員会編・昭和四十年三月三十一日発行」によると、

「日本軍は約七百名。武器は特攻艇に搭載する爆雷二百個の他に重機関銃二梃、軽機関銃十梃、擲弾筒若干、小銃約二百、大多数の兵隊及び水勤隊は手榴弾が唯一の武器」

となっている。

一方、アメリカ軍の資料によって、つぎのような事実が明らかになった。

「一九四五年三月二十六日、晴れ時々曇り、視界十マイル、海上で北北東から北西の風十ノットから十八ノット。波浪穏やか。阿嘉島―午前八時四分、第三〇五連隊第三大隊は敵の小規模の抵抗中、上陸、わが軍は前進を続けるが、敵の若干の攻撃と狙撃を受けただけ。午前十時、海岸に敵小隊を艦砲射撃で撃滅。十二時半、敵との小競り合いで二十四人の日本兵を殺す。前進するに従って敵の抵抗は激しくなる。洞穴に敵の小隊を発見、迫撃砲を撃ち込む。午後三時半、敵トーチカを破壊、三十四人の日本兵を殺す。捕獲した文書によれば、敵一個中隊が別の

島から阿嘉島に移動したとのこと。一ヵ月ほど前、阿嘉島から沖縄本島へ四百人の日本兵が移動したとのこと。捕虜二人捕まえる。午後五時、島の三分の二を占領。日本兵百人と住民四百人が島に残っているものと思われる。慶留間島―午前八時二十五分、第三〇六連隊第一大隊は島に上陸。わが軍の最初の攻撃に対し、敵の攻撃は小規模。日本兵十三人を殺す。ほかに敵の抵抗は全くなし。午前十一時三十分、島を占領。女性一人と子供一人を捕らえる。

阿嘉島―押収文書により、司令部直属の中隊が確認され、さらに球一六七八九アカッキ（暁）部隊の別個中隊が配属されているもよう。アカッキ部隊は第二海上艇身隊と同じと思われる。阿嘉島で第二海上艇身隊員の名簿押収」

だれがどのように書いたのかわからないが、大いに参考にできる内容である。

阿嘉島新報によれば、

「三月二十七日午後、第三大隊は三十七人の日本兵を殺す。同じく、午後八時四十五分、朝鮮人十九人を捕らえる。午後九時半、脱走日本兵一人を殺す。二十七日から二十八日の夜間、活動なし。二十八日、特攻艇二十七隻発見。午前十一時半、日本兵一人を捕虜にする。午前十一時四十五分、日本軍将校一人を捕らえる。山の中の日本兵を説得、投降させようとしたが失敗。

慶留間島―午後二時、爆弾を装着した特攻艇十五隻捕獲。

阿嘉島―二十八日から二十九日の夜間、日本軍の活動なし。午前十一時、偵察隊は数人の日本兵と遭遇。拡声器を使って、日本兵グループに勧告するが、失敗。そこで、百発の迫撃砲弾を撃ち込む。日本兵二人が自殺。負傷した朝鮮人一人を捕らえる。三月二十六日から二十九日にかけ、阿嘉島で推定七十五人の日本兵を洞窟に封鎖。二百六十七人の住民のために五トンの米と五十ケースの缶詰を残す。

三月三十日午前十時三十分、阿嘉島で十四人の日本兵を捕虜にする。慶留間、渡嘉敷では日本軍との接触なし。四回にわたる日本軍の空襲あり。わが偵察機が敵機二機撃墜」

以上、阿嘉島関係について抜粋した。

米軍陸軍省が編集した「沖縄・日米最後の戦闘」によると、

「琉球列島に対する作戦で、最初の上陸地点になったのは、沖縄島の西方二十五キロにある慶良間であった。この沖縄本島上陸の六日前に実施された慶良間占領計画は、一つには、つぎの大進攻作戦に備えて、水上機基地と艦隊の投錨地を確保するのが狙いであった。そして、第二の目的は、沖縄総攻撃に先立って、その日のうちに渡具知海岸南西十八キロ沖にある慶伊瀬島を占領し、そこから沖縄上陸の掩砲撃をしようということであった。この全作戦は、西部諸島攻撃隊の指揮のもとに行われた。だが、慶良間上陸にえらばれた部隊はアンドリュー・D・ブルース少将の率いる第七七師団で、慶伊瀬上陸には第四二〇野戦砲大隊がえらばれた。

慶良間に最初に上陸した米軍は、第三〇五戦闘旅団の第三上陸大隊で、三月二十六日の午前八時四分、阿嘉島海岸に上陸した。この島は格好も悪く、面積は長さが三・五キロ、幅が二・七キロぐらいであった。島には山並みが走っていて、高さ百六十二メートルと百九十メートルの二つの頂上をつくっていた。阿嘉島を米軍は〝幸福なすみっこの島〟と名づけていたが、実際は群島内では中央部にあった。米軍の上陸に対して阿嘉島にあった二百のボートにいた日本軍や朝鮮人労務者が、機関銃や迫撃砲で散発的に応戦してきたが、米軍に損害はなく、上陸部隊はすみやかに海岸を占領して、町まで進撃したので、日本軍はけわしい島の中央部に退却した。

つぎに攻めた島—これは最初に確保すべき島であったが、慶留間島は、直径一キロの丸い島で阿嘉島の南側にあった。ここには、第三〇六連隊の第一大隊が島のほぼ真中の幅の狭い海岸に、午前八時二十五分に上陸したが、ここでも長距離から銃弾がとんでくるほかにはさしたる抵抗もなく、米軍は、約三時間で二十名ほどの日本軍を掃討し、島を確保した。戦闘もまだ終わらぬうちに、米軍の水陸両用車DUKWが、つぎの日の戦闘に備えるための第三〇四、第三〇五野砲大隊の百五十ミリ曲射砲の陸揚げを開始した。

この日の上陸作戦で最も簡単に行われたのは外地島であった。この島は、長さが約一・五キロ、幅が〇・八キロで慶留間の南二、三百メートルの地点にあって、二つの群島につづく環礁で相接していた。第三〇六連隊の第二上陸大隊の外地島上陸は、午前九時二十一分、抵抗らしい抵抗もなくこの島を確保した」

「三月二十六日の午前九時、第三〇五連隊の第一上陸大隊は、座間味島に進撃した。日本軍は、最初はある程度の応戦を試みてきた。座間味には足が二つあり、背中にコブがある。南西五キロの長さで、島の一番狭いところは〇・四キロだ。南部海岸にそって、わずかに二、三の低い台地がある以外は、茂みにおおわれた百三十メートルの山の群れだ」

となっており、最初に阿嘉島に上陸していたことがはっきりした。

③ 第一回の斬り込み

アメリカ軍は岬の丘に陣地を構築したが、どのような規模なのかさっぱりわからない。暗くなるとすべての敵機が引き上げていったが、丘の陣地から照明弾が打ち上げられ、昼をあざむくように辺りを照らしていた。

将校による作戦会議が開かれ、「マルレ」の出撃と斬り込みが真夜中に実施されることになった。破壊を免《まぬが》れた数少ない第二中隊の「マルレ」を将校が操縦し、出撃を手助けするために隊員と基地隊員が斬り込みをすることになった。隊員のだれもが出撃を希望していたが、「マルレ」の数が不足していたし、すべてが戦隊長の命令として片づけられてしまった。

少年義勇隊員も斬り込みに参加することになり、手槍《やり》や手榴弾を手渡されたり、水運びにやらされたりしていた。集落の人たちは谷間に避難していたらしかったが、どのような行動をしていたかはわからない。

負傷者は全員が医務室で自殺したらしいとか、昼間の戦闘で多数の兵士が死亡したとか、敵前逃亡をしようとして殺された、といううわさが流れていた。戦死したのかわからなかったが、基地隊の将校や二十数人の部下や朝鮮人も見られなくなっていた。軍隊の足手まといにならないために自殺したという話が伝えられ、多くの兵隊が死の覚悟を固めたらしかった。

戦隊長の出撃命令を慶留間島の第一中隊長に伝えるため、泳ぎの上手な第三中隊のS隊員が選ばれた。斬り込みに加わるにしても、「マルレ」で出撃するにしても、伝令として慶留間島に渡るにしても、前途に待っていたのは死のみであった。

二十歳に満たない命が阿嘉島の地で果てるのかと思うと、いろいろの感慨がこみ上げてきたが、このときにはすでに死の恐怖がなくなっていた。斬り込みまで間があったので、小休止となったが、死を前にしていては睡眠不足も、眠気を誘うことができなかった。

斬り込みに先立って、通信隊長が那覇の軍司令部宛に打電することになった。

「阿嘉島球一六七七八部隊、野田少佐以下全将兵奮闘スルモ死者続出唯今尚激戦中、部隊ハ三月二十六日小学校児童ニ至ルマデ盡忠ノ精神ヲ盡クシ全員斬込ミヲ敢行シ、玉砕以テ悠久ノ大義ニ生キントス」

打電されたのはこのような内容であったが、当時はくわしい内容は知らされていなかった。打電をして無線機を破壊したため、その後の音信が不通になってしまい、司令部からの指揮を受けることもできなければ、報告することもできなくなってしまった。

三方面に分かれて斬り込みが実施されることになったが、私が割り当てられたのは岬の陣地を襲撃することであった。いよいよ最後のときがやってきたと思ったが、それほどの緊張もなければ恐怖もなかった。

初めの計画では、島の事情に詳しい少年義勇隊員に先導してもらうことになっていたが、基地隊の鈴木大尉が参加を認めなかったため、兵隊のみの斬り込みとなった。サーベルと拳銃と手榴弾を所持し、軍人として恥ずかしくない死に方をしようと思い、千人針の銅巻きを締め直し、寄せ書きの日の丸を鉢巻きにした。

合い言葉である「いちにん（一人）、じっさつ（十殺）」を確認し、M中尉の指揮下に入って出発したとき、半月が鈍い光を投げかけていた。山の急な斜面を進んでいたとき、子どものころの「戦争ごっこ」を思い出し、それほど緊張していないことがわかった。役に立つとも思われないサーベルが雑木にひっかかって邪魔になったために杖の代わりにし、月の光を頼りにしながら敵陣に向かったが、音を立てることはできなかった。

基地隊員と戦隊員の合成部隊であっただけでなく、暗闇であったから指揮系統も乱れがちであった。前後との連携もうまくいかなくなってしまい、山の斜面に沿うようにして敵陣に向かっていると、ばらばらの状態になってしまった。

平地に出たとたん、昼をあざむかんばかりに照明灯が打ち上げられ、曳光弾《えいこうだん》の洗礼を浴びてしまった。照明灯が打ち上げられても周辺に見えるのは、田圃《たんぼ》にひれ伏せている数人の兵隊のみであり、指揮官の姿を見ることはできなかった。光の糸を引いてくる曳光弾の合間をぬいながら進んでいくと、こんどは〝ボウン〟〝ボウン〟という鈍い音を立てながら、迫撃砲弾が近くの田圃で炸裂した。

敵陣に近づいたというのに、辺りに見えるのは数人だけであった。大きな声を上げることはできないし、どこからも声が聞こえてこない。曳光弾は雨あられのように頭上をかすめており、砲弾が辺りで炸裂して頭から土砂を浴びるようになった。立ち上がっただけで曳光弾の餌食《えじき》になるのは明らかであり、じっとしているほかなかった。

予定されていた突撃の時間がやってきたが、見えるのは照明弾と曳光弾のみであり、聞こえるのは迫撃砲弾の破裂音であった。「突撃」の号令も聞こえてこなければ、突入した様子も見られず、耳をそばだてながら号令を待つのみであった。

時間が経過しても変化は見られず、呼びかけの声を出すこともできない。ポケットに手を入れて手榴弾を握りしめたものの、敵の陣地に投げ込むためには数十メートルもすすまなければならない。進めば死ぬことが明らかであり、そうかといって退却という卑怯《ひきよう》な行動を取りたくなかった。つかの間の静寂の中から聞こえてきたのは、われわれの死を悲しむような薄気味悪い鳥の鳴き声であった。

斬り込みを目的にしてやってきたからには、敵陣を目の前にして引っ返すわけにはいかなかった。指揮官がいれば命令に従えばよかったし、「突撃」の号令がくだれば、死を覚悟して敵陣に突っ込むこともできた。

だが、付近に見えていたのは数人の基地隊の兵隊だけであり、どのような階級にあるのかわからない。私より階級の上の兵隊がいれば命令に従えばよかったが、その中には下士官がいなかったようだ。いくら私が最上級の階級にあったとしても、基地隊の兵隊を指揮する能力はなかったし、そんな気にもなれなかった。

東の空があかね色になってきたため、最後の決断をしなければならなくなった。突入するか、退くか決めかねていたとき、基地隊員の声が聞こえた。

「どうする」

それだけの声であった。

すると、別の兵隊が「戻ろうか」といった。

だが、すぐに退却に賛成することができず、重苦しい沈黙がしばらくつづいた。進めば死が待っているだけであり、退けば軍法会議にかけられる恐れがあっては、どちらの選択をするかむずかしいことであった。

空は秒読みのように明るさを増してきたために退くことにし、運を天に任せ、曳光弾の中を右や左にと避けながら斜面を上った。

途中、一人の兵隊が迫撃砲弾の直撃を受けて即死し、私も土煙を浴びてしまったが、どうすることもできずに山腹の谷川まで逃げ帰った。水を飲もうとしたとき、両手と両足をもがれていた将校を見たが、それは出撃が予定されていたS少尉であり、出撃も不成功に終わったことを知った。

機銃の音は絶えることはなく、ときおり近くで迫撃砲弾が炸裂した。助かったという気持ちより、もっと気になったのが、退却して軍法会議にかけられないかということであった。どのようにして陣地に戻ったらよいかわからなくなっていたし、仲間を失った悲しみや逃げ帰った後ろめたさが、だれの表情にも如実に現れていた。

私のほかには下士官はいなかった。そこで、もっとも頼りがいのある年配の兵隊に相談することにした。

「これから、どのようにしたらいいだろうか」

「こんな戦争は勝ち味がないし、玉砕だって無駄になってしまうんじゃないですか。ここでは軍法会議にかけることもできそうにないし、突撃の号令も下されなかったんだから、みんな戻っているかもしれませんよ」

その意見に納得できなかったが、そうせざるを得なかった。

戦わずして戻ることになった足取りは重く、うなだれるようにして本部の壕に戻ると、斬り込みに出かけていった仲間の顔もあった。部下の安否を気づかっていた戦隊長の言葉を聞いてホッとさせられ、ようやく正気に戻ることができた。

集落に斬り込みにいった整備中隊には、たくさんの戦死者が出たらしく、指揮官の鈴木大尉も悲惨な最後を遂げたという。敵にどれほどの損害を与えることができたかわからないが、大きなダメージを与えることができたらしかった。出撃するときの意気込みは旺盛であったが、生き帰ることができたというのに、どの兵隊の表情も冴えないものとなっていた。

少しばかり緊張がほぐれると睡魔に襲われてきたが、それでも眠ることはできなかった。空腹を覚えても、満たしてくれるものは何一つなく、のどが乾いてきても、谷川まで水を汲みにいく気力も失せており、何もする気がなくなっていた。

④ 第二回の斬り込み

まんじりともできずに朝を迎えると、グラマン機がやってくる前にタコツボでの監視を命ぜられた。太陽が渡嘉敷島の山並みから昇って慶良間列島に朝がやってくると、慶良間海峡を埋め尽くしていた巡洋艦や駆逐艦などがあらわになった。岬の丘の陣地もいまだ眠りからさめないらしく、人が動く気配が見えない。

きのうと同じように八時を回ると、獲物を求めるかのようにグラマンの四機編隊がやってきた。これに呼応するかのように、二台の戦車とともに十数人のアメリカ兵が山頂を目ざして上ってきたが、きのうのコースとは異なっていた。

丘の上の陣地から迫撃砲を撃っているのが手に取るように見えており、筒先はみんなこちらに向けられており、発射したかと思うと、〃ボウン〃と鈍い音を立てながら、谷の向こう側で破裂した。きょうも戦車は山に上ることはできず、途中で引き返していった。

空にはグラマンが乱舞しており、迫撃砲弾が撃ち込まれていて、時間になっても交替要員はやってこなかった。タコツボに危険が迫ってきたが、勝手に逃げ出すこともできないし、連絡の手段を見出すこともできない。下から声が聞こえてきたが、爆音にかき消されてしまって聞き取ることができない。〝下りてこい〟といっているように聞こえたため、転げ落ちるように壕に逃げ込んだ。

喉《のど》がからからに乾いており、水筒を逆さにしても一滴もなく、喉を潤《うるお》すことができない。きのうの朝から食事をしていなかったが、小さな握り飯にありついたのは、正午を過ぎてからであった。

台地から谷間に降りようとしたとき、顔見知りの整備隊の兵隊に会い、お互いの無事を確かめ合うことができた。

比較的、安全な場所と思っていた谷間にも、迫撃砲弾が撃ち込まれるようになった。上空で小型飛行機が旋回すると、砲弾が飛んでくるようになり、連携されているように思えてきた。谷間も危険になってきたために移動しようとしたとき、T隊員が直撃弾を受けて戦死し、私は土煙を浴びてしまった。なおも谷間を下っていくと、島の人たちに会うことができたが、どの顔からも血の気が引いていた。

危険にさらされている時間は短いようでもあったし、長いようでもあった。待ちに待った夕暮れになると、グラマン機や飛行艇も姿を見せなくなり、迫撃砲弾も遠くで炸裂するようになった。

一息ついたとき、将校による作戦会議が開かれた。どのようなことが話し合われたかわからないが、今夜も斬り込みが実施されることになった。

「第二中隊は残存しているマルレで出撃を敢行し、第三中隊は昨夜と同じように岬の敵陣を攻撃せよ」

戦隊長の命令はこのようなものであり、成功するとは思えなかったが、そのほかの作戦を見出すことができなかったのかもしれない。

今夜は、戦死した兵隊が持っていた小銃が渡されたが、昨夜のような意気込みは見られなかった。数十人の兵士が壕の前に集まって戦隊長の訓示を受け終わったとき、天からの恵みのように激しいスコールに見舞われた。からからに乾いていた喉を潤すため、木にしがみつくようにして滴《したた》り落ちる雨水を吸ったり、鉄帽にためて、一気に飲み干す姿などが見られた。

雨が止むと、すぐに星空が戻ってきた。戦争には関係がないといわんばかりに、月は淡い光を投げかけていた。斬り込みがはじまろうとしていたとき、東の空に無数の照空灯が左右にゆれているのが見えた。おびただしい数の曳光弾が空に放たれはじめ、遠くから雷鳴がとどろいているような響きが間断なく聞こえてきた。

友軍機の姿を見ることはできなかったが、特攻機の数はかなりにのぼっていたらしく、照空灯や曳光弾の光の帯が数を増していった。目の前の暗い海でも、照空灯が特攻機を追うようになり、大きな火柱が上がったかと思うと、瞬《また》く間に暗い海に吸い込まれていくのが見えた。

空と海と陸で繰り広げられた音と光の激闘はいつまでもつづき、この世の出来事とは思えないほど華麗で壮絶なものであった。

「たくさんの神風特攻隊がやってきたから、沖縄の敵を殲滅《せんめつ》することができるんじゃないか。

われわれの斬り込みだって、成功することは間違いないよ」

昨夜の斬り込みに参加していない将校が、この光景を目にして力強く言っていた。

すでに、無線機が破壊されていたから、なんの情報ももたらされず、戦況がどのようになっているか想像するのみであった。たとえ、たくさんの特攻機がやってきて大きな戦果をあげたとしても、戦況が好転するとは思えなかった。

びしょ濡れになった衣服を着替えることもできず、時間の経過とともに寒さを覚えるようになってきた。昨夜と同じコースを通って敵陣が見えるところまでいったが、敵の攻撃は昨晩よりもすさまじいものであった。

照明弾が打ち上げられて曳光弾に見舞われ、長蛇の列もいつしか数人のグループになってしまった。だれかがピアノ線が引いてあると言い出したが、その線に触れると攻撃されることがわかり、それを避けながら進まなければならなくなってきた。

丘の陣地に、五基の迫撃砲が備えつけられていることがすでに確認されていた。いずれも連続して発射できる装置のものであり、炸裂音《さくれつおん》がだんだんに近づいていることもわかった。

照空灯が打ち上げられるたびに辺りを見回したが、人の影を見ることができなくなってしまった。声をかけることもできなければ、連絡する手段も見つからず、突っ込めの命令が下るのを待ちながら、少しずつ進むほかなかった。木陰に人影が見えたので緊張し、「いちにん」と声をかけると「じっさつ」の返事があり、友軍であることがわかった。

敵陣近くになると、迫撃砲弾が後方に落下するようになった。敵陣に迫ったからといって、手榴弾が届く距離ではなく、なんの遮蔽物《しゃへいぶつ》もなかったから先に進むことができない。危険にさらされながら「突撃」の命令を待ったが、その時間はとてつもなく長いものに感じられた。昨晩は攻めるか退くかで悩んでしまったが、今夜はなんの抵抗もなく引き下がることができた。

曳光弾を避けながら山腹の壕に戻る途中、迫撃砲によって命を奪われた兵隊を目の前にした。生き残った兵隊は、いまの無事を語り合うことはできても、いつわが身に死が襲いかかってくるかわからず、悲しみの感情を抱くこともできない。無事に斬り込みから戻ることができた兵隊だって、戦死をした仲間のことが頭にあっては、その表情だって暗いものとなっていた。

⑤　戦闘がつづく

第二回の斬り込みも不成功に終わったが、戦隊長の方針がはっきりしないらしく、なんの命令も下されない。腹がすいても食事にありつくことができなければ、水筒を逆さにしても水滴さえ落ちてこなかった。何もすることはなく、壕の壁にもたれながらうたた寝をしていたとき、同僚に起こされた。

「きょうは、昼間の斬り込みを敢行することになったぞ」

大きな声を立てることができなかったらしく、耳元で戦隊長の命令を伝えてきた。出発の準備をしているとき、一個の乾パンと缶詰が支給された。これが最後の食事になると思いながら口にしたが、のどがからからに乾いていたのに、水を飲むことができない。

きょうの計画は、谷川に沿って海岸に出て、アダンに隠れながら敵陣に突入するというものであった。一度に大量の犠牲者を出さないため、小人数にわかれたものの、それだってばらばらに成りがちであった。

ようやく海岸近くまで出たが、アダンの葉が焼かれていたから、身を隠す場所が見つからない。一人ずつ隠れながら前進をつづけたが、それにも限界があって進むことができず、足踏み状態になってしまった。命令がないかぎり退くこともできずにじっと隠れていたとき、「別命があるまでその場で待機せよ」との命令が後方から伝えられきた。

グラマン機は絶えず上空を舞っており、いつ襲われるかわからない状態になっていた。艦砲射撃や迫撃砲弾も撃ち込まれていたが、われわれがひそんでいることには気がつかないらしく、近くで炸裂することはなかった。睡眠不足がつづいていたが、斬り込みを目前にしては眠ることはできず、緊張しながら変化のない時間を過ごしていた。夕暮れになってグラマン機に襲撃される恐れはなくなったものの、命令が下されれば、いつでも敵陣に突っ込まなければならなかった。

「この分じゃ、きょうも真夜中の斬り込みになるんじゃないかな」

どこからか、こんな声が聞こえてきたが、そう考えざるを得ない状況になってきた。

ロボットみたいに命令されたとおりに動くしかなかったが、どのような命令が下されるか判断ができず、いらいらした時間を過ごすのみとなっていた。

「昼間の斬り込みができなくなったから、いったん後方の陣地に引き上げよ」

日没から一時間ほど過ぎたとき、このような命令が伝えられてきた。

「どうしてこんなことになってしまうんだろうか」

どこからか、訝《いぶか》った声が聞こえてきた。多くの兵隊がそのように思っていたらしかったが、これだけの発言をするのも勇気のいることであった。

二度にわたった夜間の斬り込みがうまくいかなかったし、ましてや昼間の斬り込みが成功するとは思えなかった。それでも昼間の斬り込みが計画されたのは、何もしないわけにいかず、他に方法がなかったからかもしれない。

目の前の慶良間海峡は、敵の艦船で埋めつくされており、周辺の海だって黒く見えるほどたくさんの艦船で取り巻かれていた。肝心の「マルレ」は出撃不能な状態になってしまい、勝利の道を見つけるのが絶望的になっていたが、それでも「必勝の信念」だけは失われることがなかった。

翌日、山頂付近のタコツボで敵情の偵察を命ぜられた。

仲間と交替するために隠れながらタコツボに近づいたとき、四機編隊のグラマン機が慶留間島の山陰から見えたため、焼け残った大木の陰に隠れた。通過してくれることを祈っていると、代わる代わるわれわれ二人を目がけて急降下してきては、銃撃を加えてきた。

逃げることもできず、大木を盾《たて》にしてぐるぐるとめぐって難を逃れているうちに、弾が尽きたのか、効果がないと思ったのか、編隊を組んで引き上げていった。大木のお陰で辛うじて命拾いをすることができたが、何度も死の危険に遭遇していたために、冷静に対応することができた。

山頂近くのタコツボからは、丘の上の敵陣がよく見える位置にあった。備えつけられていた迫撃砲にはいくつも筒があり、青い服の兵士が動き回っているのが手に取るように見えた。

弾を込めているのがわかると、やがて〝ボウン〟という鈍い破裂音がし、それが近くでも炸裂するようになった。タコツボはグラマン機にねらわれると、ひとたまりもなかったが、迫撃砲の直撃にあわないかぎり比較的、安全といってよかった。

どんなに危険がせまってきても、命令がなければ後退することはできず、夕方になってグラマン機が引き上げていったために監視の任務を解かれた。

毎日のようにたくさんの犠牲者が出ており、いつ死ぬかわからない戦場とあっては、負傷者の救護もままならなかったようだ。

荒れ狂ったようなアメリカ軍の攻撃は、手を休めることがなかったため、犠牲者は増えていくばかりであった。戦いを挑《いど》む気にもなれなくなっていたが、なぜか、天皇陛下に忠節を尽くす気持ちは変わることがなかった。

島のいたるところに死体が転がっていたが、危険が去らないために埋葬することもできない。

だれかわからないほど顔面が崩れていたり、手や足がもぎ取られていたり、無残な姿をさらけ出しているのを見ても、祈ることしかできなかった。夜になって危険が去ってから出かけていって土をかけたりしたが、これだって丁寧《ていねい》に葬《ほうむ》ることさえできにくい状況になっていた。

第一中隊の様子が気になっていたものの、慶留間島では人の動く気配はまったく見られず、何の情報ももたらされなかった。

戦いが小康状態になったとき、海岸から離れた谷間の壕に移動することになった。ここは迫撃砲はともかく艦砲の死角になっており、岩山を越えると天然の洞窟があり、かなりの兵士を収容できた。阿嘉島でもっとも安全な場所のように思われたが、避難するには都合がよくても戦うには不便であり、まさに戦争を放棄したにひとしい行為になってしまった。

集落や秘匿壕や山まで焼かれたというのに、この谷間には戦争のつめ跡を見ることができず、不思議な感じさえした。

激しかった敵の攻撃もだんだんに弱まり、三十一日には丘の陣地から撤収する作業がはじまった。敵陣がどのようになっているか確認するため、暗くなるのを待って数人の基地隊の兵士が出かけていった。アメリカ兵が引き上げていたことがはっきりし、戦利品と称して缶詰や煙草などを持ち帰ってきた。

翌日、数十人のアメリカ兵が上陸用舟艇でやってきて集落や海岸を見回っていたが、夕方になると引き上げていった。すると今度は、われわれ戦隊員が岬《みさき》に出かけていったが、迫撃砲が備えつけられていた跡があったものの、めぼしいものを見つけることはできなかった。

四月に入ると、グラマン機がやってくる回数は極端に少なくなった。慶良間列島の戦闘が小康状態になってくると、本島の方からは雷鳴がとどろくような激しい砲爆撃の音が間断なく聞こえるようになった。特攻機の姿を見ることはできなかったが、暗い夜空を照空灯が照らしたり、曳光弾が追いかけたりしており、本島で戦闘が展開されていることがわかった。

座間味島からは、ときたま砲撃の音が聞こえてきても、慶留間島では人の動きがまったく見られなかった。グラマン機が姿を見せなくなったり、艦砲や迫撃砲弾も撃ち込まれなくなったが、目の前の慶良間海峡は、艦船や飛行艇で埋めつくされており、長期化の様相を見せはじめていた。

夜間になると、アメリカ兵が座間味島に引き上げることがはっきりしたため、シャベルなどを持って遺体を探すことにした。被《かぶ》せた土が流されたものもあれば、山の斜面に横たわって腐敗がすすんでいるのもあったため、新たに穴を掘って埋葬したが、これから先のことはまったくわからない。

慶留間島の実情を調査するため、泳ぎの上手な第二中隊の隊員が選ばれた。暗くなってから流れの急な阿嘉海峡を横切って慶留間島に渡り、秘匿壕を調べるなどして戦隊長に報告した。

「暗闇ですべてを調べることはできませんでしたが、第一中隊の秘匿壕は破壊されておらず、マルレは一隻も見当たりません。戦隊員の遺体は見つからず、全員が出撃したものと思われます。基地隊員に多数の犠牲者がいたらしく、死体があっちこっちに転がっていました。集落までいくことができなかったので、その人たちがどのようになっているかわかりません」

くわしい調査ができなかったということであったが、第一中隊の全員が出撃したものと思われた。どうやら、第一中隊の秘匿壕は阿嘉海峡に面しており、砲爆撃の死角になっていたために「マルレ」は被害を免れたらしかった。

⑥ スパイの疑い

軍隊の規律が厳しいのは当然だとしても、それが民間の者にもおよぶことになっていたため、さまざまな悲劇が生まれる原因になったようだ。

戦陣訓の中に、「生きて虜囚《りよしゆう》の辱《はずかし》めを受けず」というのがある。これは軍人の戒めであったはずであったが、いつしか女子や子供にまで浸透することになり、半ば強要されるようになってしまった。

沖縄の戦いがはじまる前、日本軍の司令部はスパイについてつぎのような布告を出している。

「軍人軍属を問わず標準語以外の使用を禁ず。沖縄語を以て談話しある者は間諜《かんちよう》として処分す」

この布告が出たために、沖縄の人たちは自由に自分たちの言葉を使うことができなくなり、沖縄語を使ったためにスパイと疑われて不当な扱いを受け、暴行や拷問《ごうもん》を受けて死者まで出たといわれている。

沖縄にあっては、「軍民一体」となって陣地構築に当たっており、敵の捕虜になれば友軍陣地を暴露される危険があるとし、さまざまな方策が講じられていた。そのため、「敵に追い詰められたときは、日本国民らしくいさぎよく自決せよ。敵の捕虜になる者は、スパイと見なして処刑する」との警告が発せられていたという。

座間味村にあっても、スパイ防止のためにいろいろの措置がとられていた。「スパイ防止用」の図案を作成し、女子青年団が芋版をつくって墨を塗って白い布に押し、外出するときにはそれをつけることを義務づけ、スパイではないという証明にしていたという。村の人たちにはスパイであるかないかはっきりしていても、軍人に知らせるための措置だったという。

勝ち戦《いくさ》のときにはなんでもないことであっても、負け戦になるといろいろと敗因が詮索されるようだ。アメリカ軍の捕虜になり、日本軍の戦力を知らせた者がいるのではないかとか、島にスパイを働いた者がいたのではないか、としてスパイ探しがはじまったらしい。

沖縄の人たちや朝鮮人の軍夫がしゃべる言葉は、軍人にわからないことが少なくない。そのためにスパイの容疑をかけられ、かけられた者が軍を信用しなくなり、このような状況がつづくようになった。

たとえスパイがいたとしても、連絡手段がなくては、秘密を知られることは不可能であった。それなのに、「手鏡を使って光線を反射させていた」とか、「ハンケチを振って合図をしていた」ということが実しやかに囁《ささや》かれていた。

島の人たちが使っている方言は兵隊にはわからなかったし、朝鮮語を理解できる将校もいなかったから、住民や朝鮮人に対する疑いが増すばかりであった。

スパイを防ぐということは、軍の重大な方針になっていた。阿嘉島にスパイがいるとは思われなかったが、兵隊の間にはスパイがいるとのうわさが流れていた。軍と民との不信の原因は食糧問題にはじまっていたらしく、軍に反抗的な者ほどスパイの疑いをかけられていたという。


夜間、偵察に出かけていった兵隊が人声を聞きつけ、家の中に隠れていた老夫婦を発見した。足の悪い老夫婦は、アメリカ軍が上陸してきたとき、住民と一緒に逃げることができず、壕にひそんでいたところを、アメリカ兵に発見されて保護された。それだけでなく、食糧などを与えられて生活していたため、スパイの容疑がかけられてしまった。

本部まで連行されて根掘り葉掘り糾問《きゅうもん》されたが、いったんは住民がいるところに戻された。ところが、妻が本土出身であり、夫がフィリピン帰りであることがわかったため、より疑われることになった。ふたたび本部の壕に連行され糾問されたが、今度は戻されることがなかったという。

二人の安否を気づかっていた島の人たちは、いつになっても戻らないために気にしていたところ、つぎの日、首を斬られた夫と刺し傷のあった妻の死体が本部の壕の近くの道路の傍《そば》で発見されたという。

「沖縄語をもって談話した者は、スパイと見なして処刑する」

このような布告が出されていたから、スパイの容疑をかけて処刑するのはむずかしくなかったようだ。

二人がスパイの疑いをかけられ、本部の壕に連行されたことは、多くの島民が知っている。取り調べをした兵隊が戦隊長にどのように報告し、戦隊長がどのように命令したのかわからないが、島民のなかには、他の者に対する見せしめのために処刑したとの疑いを抱いている者が少なくなかったらしい。

戦後、戦隊長と話し合う機会があったが、スパイの疑いのある島民がいるとの報告を受けたことがあったが、処刑を命じた記憶がない、と語っていた。いまとなっては真実を明らかにするのはむずかしいが、スパイの疑いをかけられて、処刑されたことは間違いなさそうだ。

⑦ 集団自決

慶良間列島には二十数個の島があるが、無人島も少なくない。アメリカ軍が上陸したのは阿嘉、慶留間、外地、座間味、屋嘉比、久場、安室、阿波連、渡嘉敷の各島であるが、このうち日本軍が駐屯していたのは座間味、阿嘉、慶留間、渡嘉敷の四島だけであった。

この四つの島のなかで、集団自決がなかったのは阿嘉島だけであり、戦争中、私は集団自決のことはまったく知らなかった。

沖縄の集団自決について知ったのは、マスコミで大きく取り上げられるようになってからである。そのときも「ひめゆり部隊」のほうにより強い関心があったから、集団自決がどのようになされたかわからなかった。

定年退職後、何度も沖縄を訪れ、座間味島や慶留間島の人たちと話し合う機会を持つようになった。どうして阿嘉島だけ集団自決がなかったのか疑問を抱くようになり、いくつかの本を読んだり、島の人の話を聞いたりした。

阿嘉島に集団自決がなかったといっても、慶留間島では島民の三分の一ほどが集団自決をしている。同じ第二戦隊の第一中隊がいたが、全員が出撃したために、生き残った隊員は一人もいない。生き残った基地隊員がいたが、その者から話を聞く機会を持つことができなかったから、戦闘の状況はまったくわからない。

行政的には、渡嘉敷島は渡嘉敷村に属しており、座間味や阿嘉や慶留間の島々は座間味村に属している。役場があるのは渡嘉敷島と座間味島だけであり、当時、軍の命令は、村長さんから村の防衛主任を通じて村民に伝えられていたという。

ところが、阿嘉島には電灯の設備もなければ電話もなく、村からの通達は、阿嘉島から村役場に通っていた人によって伝えられていたという。戦闘がはじまると、村からの連絡は途絶えてしまい、行政が介入することができなくなったため、阿嘉島では軍の指示を仰ぐようになったらしかった。

　離島は山間部が多かったから、食糧の生産に不適であり、輸送が絶たれてしまうと、自給自足することができなくなってしまう。敵が上陸してきても、武器がない島民は戦う手段がなく、投降して捕虜になるか、自ら死を選ぶほかないことになる。

　当時、沖縄の人たちは、

「敵に捕まれば女は強姦され、男は八つ裂きにされて殺される」

　と教え込まれており、阿嘉島でも、それを信じていた者が少なくなかった。

　そのため、座間味島や慶留間島にあっては、幼児を絞め殺して自ら首を吊ったお年寄りもいれば、一つの壕の中で数家族が一緒に死んだりしていたという。集団自決の原因ややり方は、それぞれ異なっているとしても、「死して虜囚の辱めを受けるなかれ」の教えが大きく影響していたことは間違いなさそうだ。

　集団自決については、渡嘉敷島や座間味島のことは多くの人によって語られているが、慶留間島のことはあまり語られていない。小さな島の出来事であったうえ、生き残った人が少なかったし、語る人がいなかったからかもしれない。

　慶留間島の集団自決がどのようなものかはっきりしないが、私が知りえたことを伝えておくことにする。

　慶留間島には、第二戦隊の第一中隊と基地隊員の兵隊と朝鮮人の軍夫を合わせて百五十人ほどが駐屯していた。アメリカ軍が最初に上陸したのが集落であり、軍隊が駐屯していたのは山を越えた反対側にあったため、すぐに攻撃の対象にされなかったらしい。秘匿壕が艦砲射撃や空爆の死角になっていたために「マルレ」は被害を免れ、戦隊員は全員が出撃しており、残った基地隊員の多くが戦死している。

最初に集落にアメリカ軍が上陸してきたため、軍との連絡がとれず、百三十人いたといわれている島民のうち、三分の一ほどの五十三人が集団自決をしている。

アメリカ軍の資料によると、慶留間島に上陸したのは三月二十六日の午前八時二十五分となっている。上陸したのは、歩兵第七十七師団第三百六連隊第一大隊約三百名であり、南と北から挟み撃ちにしたために日本軍は、逃げ場を失って多数の死傷者を出したという。

三月の中旬、第一中隊のI少尉は歯の治療のために本島に渡ったが、戦闘がはじまったために戻ることができず、本島での戦闘に参加せざるを得なくなった。阿嘉島との無線が途絶えていたために偵察を命ぜられ、敵の艦船が停泊している中を、くり舟で渡嘉敷島まで渡ったが、身動きができずにそのまま渡嘉敷にとどまっていた。

慶留間島に配置された第一中隊の戦隊員であったが、慶留間島にいなかったために助かり、ただ一人の生き残りとなったが、他の戦隊員の活躍や集団自決についてはわからないという。

慶留間島で生き残った数少ない男の人のなかに、当時十五歳の中村武次郎さんがいた。そのときの体験を「座間味村誌」に載せており、その一部を引用させてもらうことにする。

「慶留間部落の全戸数四十戸のうち、自決者のでなかった家は四戸だけです。どこの家庭でも死んだことになるのです。男や女、年をとっている者も若い者も、赤ん坊までも大勢亡くなった。みんな首をくってのことです。座間味ではカミソリとか棍棒《こんぼう》などを使ったでしょうが、ここはみんな縄を使いました。（中略）

私たちの家族は、お母さんと姉さんと三名だった。三名で、壕に入って首をくった。だが、息はできた。問題はくくりかたですね。お母さんが荷物を梱包する縄をどこからか探してきた。切ることができないから、一本で、お母さんと私が端っこ、姉さんが真ん中になって、グルグル巻いて引っ張った。しかし、端っこの人は息が苦しくなって、すぐゆるめるから自分ではできないね。やろうとして、いろんなことを考えては、またやって、そうこうするうちに、姉さんは真ん中だから、私とお母さんが引っ張ったら、二、三分足をバタバタした後、息が切れていた。私とお母さんはとうとう死ねずに捕虜になった」

当時二十二歳の中村八重子さんの体験記も「座間味村誌」に載っており、その一部を引用させてもらうことにする。

「二十六日は朝から空襲が激しく、住民が隠れている山々に低空で襲いかかり、さらに艦砲も空襲も交互に飛んできましたが、しばらく続いた後、ピタリと攻撃がやんだのです。ああ、空襲は終わったのかと、あっちこっちから顔色を失った村人達が寄り集まってきました。その時です。監視に当たっていた村の学生達が、あわてふためいてやってきて、その中の一人が、『あなた達はまだ生きているの。ザーバルの人達はみな首をしめて死んだよ。アメリカ兵はそこまで上陸しているよ。もう生きられない。みんな、早く首をしめて死ななければ』『人間が

首をしめて簡単に死ねるの』『一中隊へ行って弾をもらってから死のう』……（中略）

しかし私たちは、この家族がかわいそうとかなんとかいうより、うらやましくてしかたありませんでした。ああ、とうとう逝ってしまったか、早く死ねて良かったと、心から祝福しました。そのうち、アメリカ兵の大声が聞こえてきました。どうも、私たちのすぐ足下にいるようです。こんなに近くまできては、私たちは逃げないと、死を急ぎました。それが、スピーカーの音とも知らずに……。

叔父一家のすぐそばを死に場所に決めました。ひもらしいひもを持っているのでもない。ただ、防空頭巾のひもとタオルがあるのでそれを裂いて、そこにいる人たちに配ったのです。みんな、ヨーイ、ドンの合図で木にぶら下がりました。でも、木の枝が折れたり、ひもが切れたりで、みんな一緒には死ねません。一緒でなければいけない。一人取り残されるのはこわい。みんな一緒に死のうとしました。

私たちの顔や首は紫色になり、首はヒリヒリ痛むだけです。小学校三年の男の子は、しきりに母親に『死なせてくれ』とせがんでいましたが、母親は『私はどうしてもお前を殺すことはできないよ』と泣いています。そのうち、この家族と川之端の家族は、私たちのグループから離れて行って、みんな一人残らず死んでしまいました」

「座間味村誌」には、座間味島の人たちの体験談も載せられている。

「敵艦は港内まで来ているぞ。二十六まで数えたが、後はもう数えられない。もう最後だ」

「玉砕するから、みんな忠魂碑の前に集まれ」

「途中で万一のことがあった場合は、日本女性らしく立派な死に方をしなさい」

「死のうよ、敵に捕らわれて辱めを受けるより、玉砕しよう」

「もし、明日までに戻らなければ、二人は死んでいるんだから、兵隊さんから手榴弾をもらって玉砕しなさいね」

「みんな、帰ってナーナーメー（それぞれ）でやりなさい。ご飯を腹いっぱい食べて、きれいな着物を着てやりなさい」

「その子供を殺せ、アメリカ兵に見つかる」

「死んだら、お父さんに会えるから死のうね」

「おじい、綱を貸してちょうだい。早く子供たちを殺さないと」

「どこの子供だ。泣く子供たちは殺して捨てろ」

「お父さん、もう生きられないよ。新屋小のおじさん達は皆、首をくって死んだというし、アメリカ兵につかまったら、お父さんは奴隷にさせられると言うし、お父さんを奴隷にさせるくらいなら皆、死んだほうが良い」

「天皇陛下バンザイをしてから、みんな壕に入って死んでしまった」

　このような内容が載せられていたが、これは生き残った人の話である。なかには、子どもが泣くとアメリカ兵に見つかるとして殺したり、家族全員が死んだために状況がわからないのもあるという。

阿嘉島には、当時五百人ほどの住民がいたが、アメリカ軍の上陸に先立ち、山の奥の谷間に避難していた。そこは比較的安全な場所であり、全員が軍の指示によって行動することになっていたという。阿嘉島の状況も、渡嘉敷や座間味や慶留間島とそれほど変わっていたわけではなく、集団自決がなかったのは偶然といえなくもない。

阿嘉島の一人の主婦は、集団自決についてつぎのように話してくれた。

「みんなで死のうと話し合っていたとき、田植えを指導してくれた鈴木大尉が見え、『自決するのはわれわれが玉砕してからにしろ』といわれたのです。兵隊さんが玉砕してから自決しようと思っていたのですが、玉砕しなかったものだから、自決も取り止めになってしまったのです」

この主婦は鈴木大尉にいわれたといっていたが、別の主婦の話は異なっていた。

「みんなで一緒に天国に行くんだから怖くはないよとか、兵隊さんに迷惑をかけないようにしようとか、そんなことをささやき合ったりしていたのです。二十六日の晩、斬り込みに出かける前に防衛隊の人が戦隊長のところへいき、『部落民はどうしますか。みんな殺してしまうんですか』と伺いをたてたところ、野田隊長が『早まって死ぬことはない。住民を杉山に集結させておけ』と指示されたというのです。斬り込みにいった人たちがどうなったか気にしていましたが、戦死なさった方もいたようでしたが、みんなが戻ってきたので集団自決をしなかったのです」

島民はいつくかのグループにわかれて避難していたらしく、このような話が口から口へと伝えられていったため、もう一歩というところで思い止まり、集団自決を未然に防ぐことができたらしかった。一家で集団自決をしようとしたところ、「死ぬのはいやだ」と子どもに泣かれて思い止まった、という話も聞かされた。

軍隊が慶良間列島に駐屯していなかったら、集団自決もなかったのではないかという声も聞かれた。たしかに前島と屋嘉比島にもアメリカ軍が上陸しているが、この島では集団自決は起こっていない。だが、この説明だけでは、阿嘉島で集団自決が起こらなかった謎を解くことはできない。

たくさんの人が集団自決の犠牲になっているが、そのなかには幼い子どももおり、どれほどの人が自分の意志で決行しているだろうか。命を奪われた人たちは語ることができなくなっているし、生き残った人たちの中にだって、すべてを語れない人がいるに違いない。語ることができなくなった人たちのために、生き残った人たちが語り継ぐ責任があるような気がしてならない。

沖縄の島巡りを書いた本のなかに、誤ったことが伝えられている。

「阿嘉島に集団自決がなかったのは、アメリカ軍が上陸しなかったからだ」

戦後、数十年が経過しているというのに、いまだこのような知識を持っている識者がいたのに驚かされた。マスコミの人のなかにも、このような意見の持ち主がいたから、阿嘉島のことが知られていないのも無理からぬことである。だれもが記事や発言の誤りを指摘できるというものではなく、書いた人やしゃべった人によって事実がゆがめられてしまい、それが真実のように伝えられることが間々あるものである。

⑧　朝鮮人の軍夫

沖縄で戦闘がはじまる直前の二月、主力部隊の基地隊の大半が本島に移ると、七人の朝鮮人の慰安婦も島から去っていった。入れ代わるようにしてやってきたのが、「水上勤務隊」と呼ばれていた朝鮮人の軍夫であった。

那覇で編成された軍夫たちは、武器を持たされないまま慶良間列島に配置されたが、その任務は爆雷を積み込んだり、「マルレ」を壕から引っぱり出すなどの作業であった。お粗末な宿舎でまずしい食事しか与えられず、戦闘に備えて防空壕を掘るなどの肉体労働に従事させられた。

アメリカ軍が上陸してくると、基地隊の染谷少尉は、二十数名の部下や軍夫を引き連れて投降した。戦った様子もなければ遺体も発見されず、将校がすすんで捕虜になることは考えられず、当時は謎とされていた。

島に残った軍夫たちは、「マルレ」が破壊されて出撃できなくなり、アメリカ軍が上陸してくると、島民とともに避難生活を余儀なくされた。本島での戦闘がはじまったらしく、アメリカ軍が阿嘉島から去っていくと、N少尉の指揮下に入った。ふたたび上陸してくることは考えにくかったが、持久戦に備えて住居用の壕を掘ることになった。軍夫たちが各隊に割り当てられ、私は第三中隊の壕を掘る作業に従事した軍夫の監視をすることになった。

　この壕の奥行きが二十数メートルほどあり、小さな山をくり抜いて逃走口までつけるという構想になっていた。湿気が多く、監視をしているだけで汗びっしょりになってしまったから、軍夫には耐え難かったに違いない。

　隊員には小さい米のおむすびが支給されていたのに、軍夫に与えられていたのは、桑の葉の混ざった少ない雑炊《ぞうすい》だけであった。未成年者の隊員にも一日に二本の恩賜《おんし》の煙草が支給されていたのに、成人になっていた軍夫には煙草は支給されなかった。差別があったのは明らかであったが、多くの将兵が当然のことのように考えていたし、ひどい仕打ちを恐れていたらしく、反発の態度をとる軍夫は見当たらなかった。

　将校は、毎日のように壕掘り作業の進捗《しんちょく》状況の巡視にやってきた。

「割り当てが達成できないようじゃ、飯《めし》を食わせるわけにはいかねぇな」

　このような無理をいわれても黙って従うほかなく、ノルマを達成するために努力するほかなかった。将校に怒鳴られたために軍夫に当たり散らす隊員もいたらしかったが、私は作業の能率を上げるため、恩賜の煙草を与えたり、労働に不慣れな軍夫と交替してツルハシやシャベルを手にしたりした。どのような方法をとろうとも、空腹を抱えていたから能率が上がるはずがなく、だれもが苛酷な労働に耐え難くなっていた。

ついに、便所にいってくるといって出かけたまま、戻ってこない軍夫が出るようになった。ひそかに座間味島に面した海岸にいき、アメリカ軍に救助を求めていたことがわかったため、厳重な監視が要求されるようになった。それでも逃げ出す軍夫が後を絶つことがなかったため、軍夫がトイレにいくにも気を配らなければならなくなった。

あるとき、別の壕で作業中の二人の軍夫が逃走した。われわれは捜索を命ぜられたが、将校が白米を食べているとのうわさを耳にしていたし、発見されれば処刑される恐れもあったため、だれもが本気に捜そうとしなかった。狭い島だからすぐに発見されると思っていたらしかったが、見つけることができずに薄暗くなってしまった。

「あっちこっち捜したけれど、見つかりませんでした」

このように報告したが、真剣に捜さなかったことが見透かされてしまい、全員が一日断食という処分を受けてしまった。

命令に従うよりも、軍夫をかばう気持ちが強くなっていたから、断食という処罰をされても、反省の気持ちはまったくなかった。それだけでなく、軍夫の監視にも手心が加えられるようになったら、ノルマを果たせなくなってしまった。

戦局や食糧事情などが考慮されたらしく、二か月ほどで壕掘りは中断されてしまった。その後、軍夫たちは他の部隊に配属されたため、接触する機会を持つことがなかったが、逃走防止のために狭い壕に閉じ込められ、基地隊員や防衛隊員によって監視されていたという。

逃走しようとしたり、食糧を盗んで処刑された兵士や軍夫がいたという話を耳にしていたが、戦後になってもこの事実を明らかにすることができなかった。戦争という異常事態にあっては、真実がうわさとして流されたり、うわさが真実のように伝えられてしまうこともあり、より真実を見えにくくしてしまうようだ。

戦後になって何度か阿嘉島を訪ね、防衛隊員であった照喜名定盛さんの体験談を聞くことができた。「座間味村誌」に「最前線に出陣して」との体験記が載っており、その一部を引用させてもらうことにする。

「斬り込みのあった日の後くらいから、本部の壕掘り作業が続くようになったのです。五月の下旬頃だっただろうか。私たちの分隊に、朝鮮人軍夫が三人、壕掘りにきていた。昼食時間になったとき、彼らは、小さな空き缶（サバ缶詰ほどの大きさ）に数えるほどの米粒と、それに軽く桑の葉を混ぜた雑炊を取り出して食べはじめた。

おそらく、豚でさえたべないであろう粗末な食事である。しかも、これで一日分というのだ。我々の食事だって大したことはないが、彼らのものとは比較にならない。白い米粒の多い御飯でつくったおにぎりだ。ソフトボールくらいの大きさのものだった。

このようなことがつづいたある日、私の前に一人の軍夫が土下座し、『兵隊さん、この腕時計は父親の形見の品物ですが、兵隊さんのおにぎりと交換してくれませんか』といってきたのです。気の毒になってしまい、おにぎりを四等分して三人の軍夫に分けてやると、みんな涙を流してよろこんでいましたが、どういうわけか翌日から彼らの姿は見えず、無事であるかどうか、気にかかっていた。

その後、私は擲弾筒《てきだんとう》分隊の欠員補充として配置されていたが、六月二十一日、『兵隊、防衛隊、部落民代表（区長）も、全員、中嶽前に集合せよ』との連絡が入った。もしや、最後の斬り込みかと思いながら行ってみると、部隊長からの訓示であった。『食糧も底をついているし、この戦争は、あと何ヵ月続くかわからない。米軍のところに降伏したいものは行ってもよろしい。だが、降伏していくのが見つかった者は撃たざるをえないので、歩哨にみつからない安全な道を行くように』という内容のものであった。

さて、降伏してよいものかどうか、どっちにしても死がつきまとっているし、三ヵ月間生死を共にした友軍のことを考えると気がとがめたが、よく考えた結果、二日目に山を下りていった。いったん慶留間《げるま》に連れていかれたが、当初日本兵に疑われて慶留間の海岸で尋問され、防衛隊員だと認めてもらったものの、座間味にある収容所に舟艇で連行されることになった。途中、阿嘉島のウタハの海岸に、まだ住民が集まっているということで、舟艇はそこに廻ったが、住民と軍夫たちが大勢集まっているものの、干潮のため舟艇を寄せられない。

長時間待たされるのは危険ではないかと案じているとき、隣の舟艇から一人の黒人兵が海に飛び込み、浜辺に向かって泳いでいくのである。見ていると、四、五歳になる中島吉雄君を背中に乗せてもどってきた。その間の距離は三百から四百メートルはある。私はそのとき、自分たちが受けた日本の教育は嘘の教育だ、でたらめだとはじめて思った。

収容所に連れていかれると、金網越しに座間味で捕虜になった軍夫たちがおり、そこへ、阿嘉から来た軍夫たちも加わった。彼らは、いままでの地位が逆転し、上官気取りになっていた。私たち防衛隊は金網越しに並べられ、軍夫たちをいじめた者はいないか、調べられることになった。彼らをいじめた覚えはないが、やはり不安であった。

二人の朝鮮人が私の前に立ち、『運は天にまかせ』で目を固く閉じていると、私の胸のあたりを軽くたたいたのである。びっくりして目を開けてみると、やせた青白い顔の軍夫が、『兵隊さん、私を覚えていませんか』というので、『いや、知りません』と答えると、山の中で、腕時計とにぎりめしを換えてくれるように頼んだものです。そのとき助けられた私です。きょう、兵隊さんと一緒に捕虜になりました』と涙ぐんで言うのである。

私はホッとして『元気だったか』と握手をしていると、となりに立っていた背の高い軍夫が、『あなたのような立派な兵隊さんもいるかと思うと、山の中で私たちの仲間をいじめ、その仕返しをされている奴もいます。あなたへのご恩はきっと返します』といい、隣の部屋で待っているように言われた。やがてやってきたその軍夫は、米軍の段ボール箱に煙草、お菓子、缶詰をいっぱい詰めて持ってきてくれたのである」

私は阿嘉島を訪ねるたびに、照喜名さんたちと話し合っていた。当たり前のことだと思ってやったのに大いに感謝され、かえって恐縮してしまったといっていた。

戦後、野田隊長を囲んで仲間と一緒に飲み食いをしたことがあり、戦争中のことに話がおよんだとき、ふだんから疑問に思っていたことを尋ねることにした。

「スパイや逃走しようとして銃殺されたり、食糧を盗んで処刑された兵隊や軍夫がいたという話を聞いたことがありますが」

「わしは、兵隊や朝鮮人の銃殺を命じたことはなかったよ。時期は忘れてしまったが、軍夫のリーダーを呼びつけ、明日の夜、歩哨を引き揚げさせるからその間に逃げろ、といって場所を教えたことがあったよ。そのことを兵隊には話しておかなかったから、ことによると、部下によって撃たれたことはあったかも知れないね。スパイについても報告を受けていると思うんだが、あれだってどうなったか覚えがないよ」

処刑を命じたことはないとか、覚えがないといっていたが、野田隊長が「島の一木一草といえども無断で採取した者は処刑する」との布告を出していた。

個々の問題について処刑を命じなかったとしても、布告に基づいて部下が処刑したことはじゅうぶんに考えられることであった。報告を受けた戦隊長が忘れてしまったのか、本当に命じなかったのかどうか、当時の状況によって判断するほかはない。

私が朝鮮人の軍夫たちに関心を抱くようになったのは、「集団自決」と相前後したときであった。朝鮮人の軍夫について書かれたものはあっても、阿嘉島にいた軍夫が語ったものが見当たらなかった。記録を探していたとき、「強制連行の韓国人軍夫と沖縄戦」と題する新聞の連載を見つけることができた。

これは、昭和六十一年十一月二十二日、沖縄大学土曜教養講座の講演とシンポジウムであり、それが同年十二月四日の琉球新報の阿嘉島で生き残った沈在彦《シム・チェオン》氏の証言として掲載されていた。新聞社の了解を得たので、その一部を引用させてもらうことにした。

「一九四五年（昭和二十年）一月か二月に慶山郡出身者は座間味、阿嘉、慶留間の三島に派遣された。戦争はし烈を極めていた。三月二十六日に私は阿嘉島にいたが、その日に米軍は上陸することはなく海上から銃撃してきた。実際の米軍上陸はその後だった。

五十人の軍属は丘陵地帯をはって山の奥へと逃げた。その後、四十人がついてきた。そこへ日本軍が現れて『夜襲をかけよう』と言い出した。『武器がない』と言い返すと、手りゅう弾を一個ずつ渡された。そして首に手ぬぐいを巻いた。それは、暗やみにまぎれて後ろから行っても白い手ぬぐいなら味方であることがすぐに分かるからだということだった。

手りゅう弾一個を持って下りて行けと言われたが行くものはいない。やっと海岸線に下りたものは十人ぐらい。途中で草むらにひそんで下りたがらなかった。そのうち敵襲を受けて仲間三、四人が戦死した。

二日後、丘へ戻ってきた。その時は手りゅう弾も使い切り丸腰だった。五日間壕にもぐった。食べる物、飲む物は一切なかった。日本兵が再びやってきて集合をかけた。その後は下へ行って攻撃せよの命令はなかったが、自分たちの隠れる壕を掘れと言われた。三、四十人が入れる壕だった。外には、日本兵が監視に立ち、カンパンが与えられた。一包みに六十粒入っていた。それで一日の食糧だった。ところが数日後には同じ一包みを四日で食べろと言われた。また、数日後は一包みで二日分などと日によって変わった。

空腹だった。そのうち食糧探しに出ようという連中が出始めた。壕のある高地から下には民間人の家があり、そこには食糧があるだろう、という判断だった。調達に行った七人が日本兵に捕まった。その七人は、日本兵によって下へ攻撃をかけろと言われて出たが、戻ってこなかった。一週間ないし十日間下の方でひそんでいた。民間の畑から芋や野菜を少しずつ盗んで食べて腹を満たしていた。そして腹が満たされたこともあってゆっくりと壕に戻ってきた。戻った時には、ポケットの中に野菜の食べかけを少しだけ持っていた。戻ると同時に日本兵に捕まった。

三日後だった。当時仲間が食糧を盗んで捕らえられたことは知らなかったが、日本兵からシャベルと手ぬぐいを持って作業に出ろと言われていた。そこで『穴を掘れ』と言われた。そこは根が張り穴は掘れる状態ではなく、やっと三尺（三十センチ）を掘った。すると捕まった七人の同志が連れられてきた。七人の手は前にしばられ、日本兵が目隠ししろと言った。『君たちは最後に言うことはないか』と日本兵は言った。だれも無言だったが、最年長のチョン・ウギィという人が『あなたたちが私たちを連行してきて仕事をさせるのはいい。仕事ならいくらやってもいい。しかし、米一粒口に入れていない。君たちを恨む。私たちは本当におなかがすいているんだ』と言った。『食べることがお前たちの願いなのか』と言ってサツマ芋を持ってきて口に押し込むと、一、二の三で銃殺隊に号令をかけ、七人に弾をうち込んだ。

一発だったものもいれば、二、三発うたれたものもいた。そして、『埋めろ』と言った。かぶせる土などここになく、わずかな土で浅くかけ、仕方なく草をむしってきて上にかけた。

うちの一人が左の二の腕にうたれただけで、胸には銃弾が貫通していなかった。土をかけようとしたら、『私は死んでいない。ちょっとだけかけろ』とその男が言った。その男が夜中に起き出して腕を自分でしばり、止血して海岸に下りて米軍に投降した。そこで米軍に一部始終を話した。それによって銃殺されるまでのいきさつが私にも分かった。

やっとの思いで故郷に帰ったが四十余年、今日まで銃殺され亡くなった六人のことが頭から離れることはなかった。一日たりとも安らかな気持ちを持ったことがない。太平洋同志会では毎年四月二十日に総会を開く。そのたびに恨み、つらみの中で死んでいった仲間の魂をなだめたいという一念だった。今は外国となってしまった沖縄へ〝行きたい〟ただその気持ち一つだった。

これまで話した事実は、阿嘉区民も知らなかった。山奥で起きた一大秘密だった。だから六人を埋めた一人である私が生きているうちに来て証言し、その場所をさがし当てないことには彼らの魂はうかばれない。

今回、阿嘉島に着いた時には、あまりの変わりようにどこがどこか分からなかった。展望台にのぼりさまざまな議論をしたが、じっと目をこらすとだいたいの方角が分かった。きっと戦友のみ霊が呼んだのだろう。私が掘った壕を見つけるために雑木林の中にかき分けて入った。入口は壊れていたが、壕はそのままだった。その壕の上で処刑は行われた。そこで七人の魂を慰めることができた」

朝鮮人の軍夫が銃殺されたという話は耳にしていたが、この連載を読んで当時の事情の一端を知ることができた。

⑨ 少年義勇隊と防衛隊

沖縄を守るために組織されたのが、防衛隊と少年義勇隊であった。防衛隊員は四十五歳以下の兵役にもれた男子であり、少年義勇隊員は十五歳以上の未成年の男子であった。沖縄には非戦闘員は一人もいないといわれ、老人や婦女子まで戦闘員とみなされていたという。

阿嘉島の少年義勇隊員は、実弾や食糧などの運搬をさせられ、戦闘に耐えられる体力づくりのために軍事教練をさせられていたが、われわれ戦隊員はじかに接することは少なかった。

阿嘉島にアメリカ軍が上陸してくると、義勇隊員には二個の手榴弾と一日分の乾パンと鰹節が渡されて斬り込み隊の先導をすることになった。ところが、基地隊の鈴木大尉が参加を認めなかったため、防衛隊員が代わって先導することになった。

斬り込みの先頭に立って勇敢に戦った指揮官の鈴木大尉は、三月二十六日の夜、大勢の部下とともに戦死したが、少年義勇隊員や防衛隊員に犠牲者は出なかった。

少年義勇隊や防衛隊がどのような活躍をしたか、くわしいことはわからないが、戦後、戦記や新聞記事や「座間味村誌」によってその一端を知ることができた。

戦後の小説や新聞のなかには、阿嘉島の少年義勇隊員は全員が玉砕したという内容のものがあったという。斬り込みが実施されるとき、通信隊長が軍司令部に対し、「阿嘉島の軍民全員が玉砕」と打電をして無線機を破壊した。連絡が不能になってしまったため、玉砕を前提にした情報が流れ、阿嘉島の少年義勇隊員は全員が玉砕したとの報道がなされたらしかった。

その報道に疑問を抱いた読売新聞那覇支局の黒田記者が、事実の解明に乗り出し、何人もの少年義勇隊員のインタビューを試み、新聞に連載することにしたという。

読売新聞の「戦争」の欄の連載は、一九七七年四月二十二日から五月三日まで十五回に及んでおり、新聞社の了解を得たので一部を引用させてもらうことにした。

《やり残したと思った仕事の一つが慶良間諸島・阿嘉島の少年義勇隊についてである。支局に赴任した直後、沖縄関係の出版物を買い込んで飛ばし読みしたが、沖縄戦の記録の中には、必ずこの義勇隊が登場していた。沖縄で米軍の上陸第一歩がしるされる阿嘉島の国民学校の児童たちが、敵陣地へ斬り込みを敢行、全員玉砕したという『記録』である》

例えば、ある著者はこんな風に書く。

《阿嘉島の戦いで、最後に特筆しておきたいのは、いまでも『八文半の軍靴』として涙のうちに語られている阿嘉国民学校の児童約八十名が、野田少佐の特攻部隊指揮下に入り、三月二十五日の夜、敵陣地に斬り込みを敢行して最後を遂げたことである。世界の戦史に、果たしてこのような事実があったであろうか。いたいけな子供たちが敵陣に飛び込んだあの時の姿が見え

るようで、溢れる涙を禁じ得ない》

また別の著者は、

《この斬り込み隊に高等科の生徒たちも参加した。斬り込み隊は米軍の地雷に触れて全滅。生き残った者も米軍に斬り込み、全員が戦死してしまった》と伝えている。

民間の人たちが書いた本ばかりではない。防衛庁の編む戦史叢書は、太平洋戦争の公式記録だが、その「沖縄方面陸軍作戦」にも、《この斬り込みには、かねてから訓練してあった部落（本社注・島の居住地区）の義勇隊（小学校六年生以上の男子を含む）も参加した》と記されている。

《国民学校の児童といっても、斬り込みに加わったのは「六年生と高等科の生徒」とわかるが、この叢書にはその結果についての記述が、なぜか一行もない。

玉砕という事実があったのか、なかったのか、少年の「戦死者名簿」があるのかどうか、新聞記者として、確かめておきたかった》

さらに、斬り込み隊長と少年義勇隊員たちとの、当夜のやりとりにも触れている。

《斬り込み隊の隊列を離れないための合い言葉は、〝一人〟〝十殺〟と決まりました。ぼくらがしっつこく『連れていって下さい』とせがむと、鈴木大尉がですね、軍刀を引き抜いて怒るんです。『戦争は兵隊がやるんだ。お前たちを連れていくわけにはいかん』と。ものすごい剣幕でした。そして『お前たちはどう考えとるか知らんが、日本はこれから大変なことになる。その大変な時代の日本を、お前たちは背負って立つ身だ、死んじゃいかん』とハッキリ言われたんです。その鈴木大尉は山の中を這って下りて、そう、ちょうどここ、この家のところで機関銃掃射を浴びました。米軍が石垣の陰に銃を置いて、挟み撃ちにしたんですね。この夜、十六、七人の兵隊が死にました。伝令の兵隊が後で、遺体の手首を日本刀で斬って、持って来ていました》

阿嘉島の元少年義勇隊、与那嶺信正さんの証言。

《米軍の艦砲射撃は、ちょうど段々畑を耕すように、海岸の波打ち際からじわじわと角度を上げていくんですね。初めは海中から水柱が上がるんでビックリしました。今から思えば、上陸に備えて機雷の掃海をしたんでしょう。だんだんと角度が上がって、居住地区の民家も、兵舎も吹っ飛ばされました。弾がヒューとかピューッと飛んでくるうちは、まだ遠いんですね。間近になるとバシッ、パシッとくる。耳が痛かったです。

十五歳ですからね。弾が怖い、というより、じっとしているのが怖い。こっちも早く撃ちたくて仕方がないわけですよ。だけど、堀井軍曹が『敵兵が手前十メートルに来るまでは撃ってはならん』と命令するんです。へたに撃ったら壕の場所が知れて、集中攻撃を受けるからでしょう。『命が惜しかったら、引っ込んでおれ』と怒鳴るんです。

敵が十メートルまで接近しても、ぼくと良信君は銃があるからいい。同じ壕に居ながら盛幸君と良盛君は何もない。『どうやって、突撃するんだ』と泣きそうになっているんです。夕べ貰《もら》った帯剣を抜いて盛幸君にやりました。良盛君は鞘《さや》だけです。彼は、鞘一つで突っ込む気だったんでしょう。

腹がグウグウ鳴るのに、何も食べたくないんです。咽喉が渇いて、しきりに水が飲みたかった。僕たちが死んだあと、アメリカ兵に食べられるくらいなら……と、前夜貰《もら》ったばかりの乾パンの袋を破って、土を詰め込み、まぶして捨てました。

そのときです。『ドカーン』と、僕たちの壕の真ん前で弾が炸裂しましてね、壕の上にかぶせておいた木の枝や阿檀の葉の擬装もいっぺんに吹っ飛んだ。僕の右ももにスウッと弾の破片がかすって、思わず『やられた』と叫びました。横にいた盛幸君が『大丈夫か』と言って、ズボンの上からそこを触ってくれたら、なんともなかった。もう一発来たら、今度は助からんなあ、と、観念しながら震えているところへ『小野分隊は退《さが》れェ、山下分隊と交替』と隊長の命令がありました。それで本部の壕の方へ山を這い上がっていったのですが、頭上や足元をバシッと弾が走って、炸裂するんです。よく当たらなかったなあ、あの弾の嵐の中でよく生きていたもんだなあ、と今でも思っています》

記者は、当時の少年義勇隊員や関係者から事情を聴取し、出版物の誤りを「新聞」の連載で指摘している。

戦後、私は何度も阿嘉島を訪れ、当時の少年義勇隊員からさまざまな話を聞くことができた。「座間味村誌」に、当時十五歳の垣花武一さんの体験記が載っており、その一部を引用させてもらうことにする。

「とうとう三月二十三日からの空襲、そして二十五日から艦砲射撃がはじまり、島は完全に米軍の射撃の的にされてしまった。夜もずいぶん遅くなって、敵がそろそろ上陸するからとのこと、私たちは弾薬運びを命ぜられた。弾薬箱は機関銃の弾が六百発ほど入っており、それを山の中腹から頂上にむけて数メートル間隔に掘られたたこ壺に一人で運ぶのだから、非常にきつい仕事であった。このたこ壺には、射手と下士官が二、三人、それに義勇隊が二人配置された。

そして翌二十六日、早朝からものすごい艦砲射撃がはじまった。海の方を監視しているとき、ゆっくり島の向かいの奥武島に近づいてきた駆逐艦らしき軍艦が四、五隻、向きを横に変えたかと思うと同時に、畑を耕すように攻撃をしかけてきたのである。じゅうたん攻撃というものだ。私たちには武器らしい武器を持たされてなく、間断なく飛んでくる銃砲弾に、もうこれでやられるのではないかという恐怖感に見舞われていた。

そのうち、後続の輸送船から吐き出される小型舟艇が白波をけたてて、部落に向かって進んでくる。そのとき、軍の方から『全員、退却』という声が聞こえ、全員、タキバル後方へ逃げていった。途中、屋嘉比島から召集された防衛隊の池原さんや、見覚えのある数人の戦死体をはじめて見た。

いよいよその日の朝、友軍による組織的な斬り込みが行われることになった。鈴木大尉を隊長に、私たち義勇隊を含め、斬り込み隊が編成された。そのときの鈴木隊長の訓示で、敵に近づくときは、必ず『一人十殺』の合い言葉を使うように注意が与えられた。

つまり、白兵戦になると、敵か味方かわからなくなるため、その判断をするために、『一人』の問いに『十殺』と応えれば味方ということがわかるからである。しかし、いま考えると、あれほどの体格の違いがあっては間違えることはなかろうが……。

兵隊たちは銃剣を手にし、義勇隊には手榴弾二個と乾パン二袋と少しの鰹節《かつおぶし》が渡され、いざ出陣ということになったとき、どういうわけか義勇隊の斬り込みは突然中止になったのです。代わって防衛隊の人たちが敵陣まで道案内をすることになり、わたしたちは斬り込みには出かけなかったのです。斬り込みにいったのは、整備中隊が部落で、第二中隊がマジャへ、第三中隊が西浜海岸へ突っ込んでいったのです。

もっとも激しかったのが集落の戦いであったが、この人たちは日中戦争を体験した強者である。陸上戦で鍛えられただけあって、部落内の米軍をことごとくやっつけてきていた。

もっとも、十六人の戦死者を出しているが、だれ一人として遺体が引き上げられた者はなく、部落内にほったらかしの状態であった。ただ、斬り込み隊長が死んだため、部下の中尉が隊長の手の指を切り取って、形見として持ってきただけであった。二、三日後、兵隊たちが隊長の遺体を埋めに行ったら、首の方から頭の部分を切り取られ、胴体だけが残っていたという。

私もその後、食糧をあさりに部落に下りていったとき遺体を見つけたが、腐っていたり、豚が喰い散らしたりでバラバラにされていた。このときはじめて、戦争とはこんなものかと、情けない気持ちでいっぱいだった。戦闘前は戦友愛で、戦死した戦友に涙をながし、背負って連れ帰るということを聞かされていただけに、くやしい思いをしたものである。……（中略）……。

戦争というのは、人間を人間でなくする恐ろしいものである。少年のころ抱いた軍隊へのあこがれが、結果的に何をもたらしたのか、私たちのバカげた体験を読んでいただいて、現在の若者たちが真剣に考えてくれることを期待したい」

戦争中、少年義勇隊員に一人の犠牲者がなかったのが何よりであった。

これも「座間味村誌」に載っていた当時四十五歳の防衛隊員垣花武さんの体験記であり、その一部を引用させてもらうことにする。

「三月二十六日、前日からの空襲に艦砲射撃が加わるようになり、島ごと吹っ飛ぶかのような猛攻撃がつづき、艦船が慶良間海峡に錨を降ろし、部落の前の海岸から上陸してきたのです。山まで逃げられずに部落にいた人たちは射殺されたり、捕虜になったりしていました。

翌日、山奥の壕で避難していた人たちは、死ぬ以外に道はないと考え、口々に『天国に行くんだよ。みんな一緒だから怖くはないよ』といいながら集団自決をしようとしていたのです。このとき防衛隊員の伝令が『アメリカ軍は撤退したから自決するのはよせ』といったため、その場は解散となったわけです。

防衛隊員は軍の手伝いをしていましたが、食糧が逼迫《ひっぱく》してくると、アメリカ軍に見つからないように漁労をしたり、逃げる豚や山羊を追いかけ、軍に献上したりしていたのです。勝手に食糧をあさって見つかろうものなら、足腰がたたないほど殴られ、処刑される者まで出るようになったのです。

食べ物の奪い合いによって銃撃があったり、あっちこっちで醜《みにく》い人間の争いが展開されており、たまりかねた基地隊の副官は、ついにアメリカ軍に投降してしまったのです。栄養失調やマラリアで死亡する軍人が出るようになると、アメリカ軍との間に休戦協定が結ばれたため、軍人をのぞいてほとんどの人が投降し、餓死を免れることができたのです。終戦になったとき、だれもが放心状態になっており、やせ細った体を支えながら山から下りたのです」

島のことに明るい防衛隊員の話だけあって、細かいことまで観察していた。四十年以上も前の出来事であったが、私の経験と重ね合わせて聞いているうちに、昨日の出来事のように思われてきた。

新聞の連載にしろ、私が聞いた話にしろ、どれが真実であるかはっきりできないものが少なくなかった。まじめな人の証言だから信用できるとか、嘘《うそ》つきの人の話だから信用できないというものでもないようだ。著名な作家の出版物だって間違いがあったりするから、いろいろの角度から検証しなければならない。本として出版されたり、公の場で証言されたりすると、訂正しにくくなってしまうこともあるから、真実を明らかにするのは簡単なことではない。

⑩　飢餓との戦い

アメリカ軍が阿嘉島から撤収したころ、本島で戦闘がはじまったらしかった。雷鳴のような砲爆撃の音が間断なく聞こえるようになったが、特攻機がやってきた様子は見られなかった。何条もの光の帯が空を照らしたり、無数の曳光弾が撃ち上げられると、見えぬ特攻機に拍手を送っていたが、このようなことはめったになかった。

日時の経過とともに握り飯はだんだんと小さくなり、桑やツワブキなどが混ざるようになってしまった。一個の乾パンの袋には親指大の乾パンが八十数個、コンペイトウが十数個入っていたが、それを三日で食べるようになったため、空腹を満たすために水を張った飯盒に入れてふやかしたりしたが、どうしても腹の虫を収めることができず、乾パンがなくなると、水を飲んで我慢することがしばしばあった。

四月の下旬から五月の上旬にかけて、グラマン機に代わって双胴のロッキードP38がやってくるようになり、沖縄に飛行場ができたものと思われた。金属音を立てながら超低空を飛んできては、兵隊の姿が見えると威嚇《いかく》するように銃撃を加えてきたし、慶良間海峡は艦船や飛行艇の基地になっており、身動きできない状態になっていた。

グラマン機やロッキードP38がやってくる回数が少なくなると、島の女性が炊事を手伝うようになった。炊事場は椎の木の茂った谷間に石を並べてつくられ、火がもれないように木の葉などで覆《おお》われていた。飯盒《はんごう》を棒に下げていたが、不経済のために乾パンの入っていた大きなブリキ缶が使われ、雑炊《ぞうすい》がたかれるようになった。当時、炊事の手伝いをしていた女性の話によると、米一升に対して桑の葉、かずら、ツワブキの葉に粉味噌で味付けをしていたという。

だれもが四月の二十九日の天長節には、友軍機による大攻勢があるものと期待していたが、なんの変化も起きなかった。神風が吹くとか、神州不滅といわれつづけていたが、戦況がわが軍に不利であることは明らかであった。戦いの前途に希望を見出すのが困難な状況になってきたというのに、多くの兵隊が「必勝の信念」を抱きつづけていた。

阿嘉島には毒蛇のハブがいないということであり、タコツボに落ちた蛇は最高の栄養源とされていたが、めったにお目にかかることはなかった。海岸に出かけていって海草や貝などを生のまま食べたり、苦くて口に入れることのできないような石蕗《つわぶき》を生のまま口に入れたこともあった。畑の作物が盗まれたり、食糧の保管場所から食糧が盗まれたり、食べ物をめぐるトラブルが相次いで発生するようになってしまった。

五月二十五日、ついに戦隊長が島の全員に対して布告を出した。

「今後、阿嘉島における草木一切に至るまで、無断で採取する者は厳罰に処する」

島民のなかには個人で確保していた者もいたらしかったが、兵隊は畑に出かけていくことができなくなった。

五月二十七日の海軍記念日には、多くの兵隊が暗い空を見上げ、特攻機がやってくるのを首を長くして待っていた。この日もなんの変化は見られず、特攻機に対する期待も、だんだんと薄れたものになっていった。

布告では海が除かれていたため、食べ物を探すために海岸へ出かけることにした。谷を飛び越えようとしたとき左腕に笹が刺さったが、それほどの痛みもなく、出血も少なかったために放置しておいた。

ところが、二時間ほどすると左腕が大きくはれ上がってしまったため、急いで医務室に飛び込むと、破傷風と診断された。棒の先にガーゼを巻きつけて傷口から突っ込み、痛さを我慢していると、えぐり出すようにうみを取り出した。痛さに我慢していると、もう少し遅れていたら助からなかったよ、といわれてしまったが、戦闘中であったら、このような処置をしてもらえなかったに違いない。

壕の入口で監視に当たったとき、銃声が聞こえた。

「敵襲だ、敵襲だ」

どこからか叫び声が聞こえてきたので、拳銃を取り出して身構えた。

みんなが戦闘の準備をしていると、今度はどこからか爆発音が聞こえてきた。初めの音は小銃のようだったし、二度目の音は手榴弾のようであったが、その後の音は聞かれなくなってしまい、何が起こったのかまったくわからない。

数人の兵隊の話によって、敵襲でないことだけはわかったが、関係者の間で秘密扱いにされていたらしく、すぐに事実を知ることができなかった。

後でわかったのは、食べ物のことで意地悪をされた基地隊の兵隊が、炊事を担当していた主計の下士官に復讎《ふくしゅう》したというものであった。最初の一発は兵隊が下士官を銃撃した発射音であり、後の一発は撃った兵隊が手榴弾で自殺を図ったものであり、撃たれた下士官は急所が外《はず》れていたため、命を取り留めることができた。

厳しい軍律を求められていた軍隊という組織にあっても、食べ物のことで意地悪をされたため、我慢の限界を越えてしまったということらしかった。

上官が部下を警戒するようになり、みんなに疑心暗鬼が生まれるようになったため、戦隊長が兵隊を集めて訓示をした。

「軍隊にあっては、階級や序列は絶対的なもので、上官の命令に背《そむ》くことは許されないことであり、軍人精神を忘れてはならない」

特攻隊員になったときには、だれもが隊長の命令には素直に従っていたが、いまは事情が大いに異なっていた。われわれに厳格な規律を求め、日常的に殴ったり蹴ったりしてきた将校が、白米を食べているとのうわさが流れていたからだ。

戦争のことが忘れてしまうほど静かになったとき、三十人ほどのアメリカ軍の兵士が第二中隊の秘匿壕の付近に上陸してきて、壕から「マルレ」を引き出そうとした。たとえ出撃が不可能な「マルレ」であっても、天皇陛下から授かった大事な兵器が奪われたとあっては断じて許すことができず、戦隊長はA少尉に奪還することを命じた。

大勢では目につきやすいというので、数人の狙撃隊が編成され、焼け落ちた阿檀《あだん》の葉などに隠れながら近づき、いっせいに攻撃して何人かのアメリカ軍の兵士を射殺した。

アメリカ軍の兵士と戦ったA少尉は、大腿部を貫通するという重傷を負ったが、「マルレ」の奪還を阻止することができた。翌日、慶良間海峡に停泊していたアメリカ軍の艦船から激しい砲撃を浴びせられたが、予想されていたことであり、全員が避難していたため被害を免れることができた。ふたたび戦闘がはじまるかもしれないと思って準備をしていたが、アメリカ軍の攻撃は一日だけで終わってしまった。

食べ物をめぐるトラブルは、その後も絶えることがなかった。軍と民とが平等に分けあう約束ができていたが、島の人のなかには自分で植え付けた野菜などをひそかに採りにいく者がいた。そのために兵隊が島の人たちを監視することになり、見つけると食糧を没収するだけでなく、見せしめのために足腰が立たなくなるほど殴ったり蹴ったりした。軍と島民の間にますます険悪な空気がただようようになったが、それを解決するうまい手立ては見つからなかった。

食糧の運搬を命ぜられた朝鮮人の軍夫が、袋の中から米粒を抜き取ったことが見つかってしまった。足腰が立たなくなるほど殴られ、監視が不十分として兵隊が絶食されるという出来事も起こった。飢えに耐えかねてひそかに座間味島に面した海岸にいき、アメリカ軍に救助を求める軍夫が続出するようになったが、それを阻止する動きさえ見られなくなった。

われわれ隊員だって背に腹は代えられず、ばれないように生のままツワブキを食べたり、海岸へ出かけていってヤドカリをとったりした。蓖麻《ひま》の実とも知らずに焼いて食べたところ、落花生のような味がしたが、すぐにひどい下痢をしてしまい、胃の中の貴重な栄養物まで吐き出す羽目になってしまった。

どんなことがあっても食べ物にブレーキをかけることができず、名の知れぬ草まで口にするようになり、敵との戦いというより飢えとの戦いみたいになってしまった。

生き延びていくためには、布告に反して食べ物をあさりつづけるか、座間味に面した海岸へいって投降するしかなかった。布告に反すれば処刑されることになり、逃亡すれば軍法会議にかけられるおそれがあったが、飢えとの戦いをつづけているうちに理性が失われてしまった。いつの間にか軍人精神も喪失してしまい、多くの兵隊が動物的な行動をとるようになってしまった。

このような状況になってくると、兵隊や島民からもっとも恐れられるようになったのが食糧管理の責任者の主計将校であった。部下とともに食糧倉庫の前に張りこみ、通りがかる人の身体検査をしたり所持品などを調べた。

一人の兵隊がポケットに数粒のモミを隠していたのが見つかり、入手先を追及されたが、盗んだことを認めなかったため、針金で後ろ手に縛られて人目にさらされてしまった。処罰というより見せしめの気持ちが強かったらしかったが、このようなことまでしないと食糧の管理ができなかったのかもしれない。

六月の半ばになると、慶良間海峡を埋めつくしていた艦船や飛行機の数が極端に少なくなっていた。小さな艦艇からジャズが流れてきたり、胴体に女性の裸体が描かれた飛行艇の翼の上では、日光浴をする兵隊の姿が見られたりした。このような現実を見せつけられていると、「物量よりも精神力の戦いだ」といわれていたことが、むなしいもののように思えてきた。

グラマン機にねらわれたり、艦船射撃の脅威にさらされていたときには、死の恐怖がなかったのに、このごろは生き長らえたいと思うようになっていた。

戦後、野田隊長と話し合う機会があり、当時のことを佐賀弁で聞くことができた。

「わしは、戦争中の経験を生かして人を使う仕事を避け、運転手や倉庫番などしてきたんだよ。アメリカ軍が阿嘉島に上陸してきたとき、圧倒的な装備に太刀打ちできないと思ったんだが、軍人として戦わざるを得なかったから、無理な命令を出してしまったんだ。アメリカ軍が撤退してからは、限られた食糧をどのように食いつないでいくかで神経を使ってしまったよ。食糧倉庫を焼かれていたから、足りないことはわかっており、どうすることもできなくなって布告を出したが、本気で処刑することは考えていなかった。食べ物が底をついてきたとき、アメリカ軍の投降勧告があり、染谷君に会って話を聞き、戦況がはっきりしたために休戦の協定を結んだが、みんなには苦労かけてしまったな」

この話を聞いたとき、食べ物を盗んで処刑された兵隊がいたといううわさが、真実だったかどうかわからなくなってきた。盗むと処刑されるという布告が、盗んで処刑された者がいるという話になったことは、じゅうぶんに考えられることであった。

⑪ 休戦協定の締結

無線機を破壊したため、ラジオのない島にはなんの情報ももたらされなかった。慶良間海峡から艦船や飛行機が姿を消したり、本島の方から砲爆撃の音も聞かれなくなったが、それが何を意味しているのか想像するほかはなかった。座間味島にはパラボラアンテナが建てられ、アメリカ軍が駐屯していたから、日本が勝ったと考えることはできなかった。

戦闘の恐怖がなくなってくると、飢えとの戦いみたいになり、戦争が終わるのと餓死とどちらが先になるか、そんなことを考えるようになった。

そんな毎日を送っていると、六月の中旬、座間味島に面した沖から、スピーカーの声が聞こえてきた。

「阿嘉島のみなさん、日本の本土は毎日のように空襲を受けています。すでに東京も大阪も焼かれて路頭に迷っている人が続出しています。沖縄本島も全滅状態になってしまいましたし、近く戦闘が終結するものと思います。日本民族の将来のために生き延びることを考え、死を無駄にしないようにしませんか」

流暢な日本語を使っていたが、それが信じられるものかどうかわからない。

「敵の謀略だから、いかなる宣伝にも耳を傾けてはならない」

本部の伝令が戦隊長の命令を伝えてきた。

「日本は最後の一兵にいたるまで戦い抜かなけりゃならないんだ。日本が負けるということは日本がなくなってしまうということなんだ。捕虜になれば殺されてしまうし、どのようになっても絶対に降伏することはできないや」

仲間の一人がこのようにつぶやいたが、同調する声を聞くことはできなかった。

アメリカ軍の舟艇は、翌日も投降の呼びかけをしてきた。

「私は阿嘉島にいた染谷少尉ですが、アメリカ軍が上陸してきたときに捕虜になり、いまは宣《せん》撫《ぶ》工作員として働いています。きのうも宣伝したように、沖縄本島も壊滅状態になっており、近いうちに戦争が終結するものと思います。あすのいまごろまた来ますから、それまでに考え、白旗を掲げて大谷海岸に出ていれば迎えにやってきます。食糧も用意してありますし、病人を治療できる設備も整っていますから、心配することは何もありません」

かつての染谷少尉の部下によって、本人の声であることが確認されたため、兵隊の間に動揺が広がった。染谷少尉は戦闘がはじまった当初から所在がわからず、戦死をしたとうわさされていたが、捕虜になっていたことが明らかになったからだった。

島に残っていれば餓死することは間違いなく、生き延びるためには投降以外の方法を見つけることができない。多くの兵隊が、餓死するか、投降するか悩むようになっていたとき、戦隊長の訓示があるというので、全員が台地に集まった。

第二中隊の面々と再会したのは三か月ぶりであり、どの顔も血の気はなく、目はくぼんで骸骨のようにやせ細っており、ひげがぼうぼうになっていたから見分けるのが困難であった。相手も同じように思ったらしく、あっちこっちで自己紹介をする姿が見られたが、ぼろぼろの衣服をまとっていたから、敗残兵そっくりであった。

ゆっくりと仲間と話す間もなく、戦隊長の訓示がはじまった。

「戦闘がはじまってから三か月がたち、食糧が逼迫《ひっぱく》したために兵士や住民や軍夫を支えていくことができなくなった。どんな状況になろうとも軍規を犯すことはできないが、住民や軍夫は軍規の適用がないから、これからは自由な行動を許すことにする」

島から去るか残るか、軍夫や島民は自由に選択できたが、われわれはいままでどおり持久戦を強いられた。

戦隊長の訓示の趣旨が軍夫や島民に伝えられたが、すぐに行動に移すことはできなかったらしい。連日のように投降の勧告があり、はじめはこっそりと大谷海岸に下りていったが、何事もないとわかると、大挙して大谷海岸に下りていくようになった。アメリカ軍も舟艇でピストン輸送をするようになり、すべての軍夫と島民が島から去っていったため、島に残ったのは兵隊と義勇隊と防衛隊のみになってしまった。

ついに、基地隊の指揮をとっていたM中尉も、三十名ほどの部下を引き連れて投降してしまった。基地隊の組織はばらばらになってしまったが、すでに組織が機能しなくなっていたから、それほど支障がなかったようだ。

戦隊長の訓示の趣旨はわかったものの、いつ、どのようにして休戦協定が結ばれたのかわからなかった。立ち合った仲間だって、他言を禁じられていたらしかったが、それでも少しずつ情報がもたらされるようになった。

アメリカの兵隊と会食したことがわかってくると、戦隊長のやり方に反発する声も上がってきたが、上司に対する批判には限界があった。

私が休戦協定の内容をくわしく知ることができたのは、警察を退職してからである。阿嘉島を訪れ、地元の人からさまざまな話を聞いたり、戦友の話を聞いたりしているうちに、集団自決や休戦協定について知ることができた。

その後、本田靖春氏の「小説新潮」の「沖縄県・阿嘉島の夏」（昭和六十二年十一月号）を読ませてもらい、さらにくわしい内容を知ることができた。

以下、本田氏の了解を得たので、その一部を引用させてもらうことにした。

《「海を渡る犬」シロがいる島としてテレビで全国に紹介された阿嘉島が、まったく別の角度からふたたびテレビでクローズアップされたのは、去る八月二十三日のことである。

TBS系の『報道特集』「沖縄戦秘話・日米兵士の昼食会」をごらんになった方にはまったくよけいなことだが、この番組内容をかいつまんで紹介しておきたい。

昭和二十年の六月に入ってから、阿嘉島の海岸近くに米軍の大型発動艇が毎日、現れ、スピーカーを通じて日本語で野田隊の兵士に投降を呼びかけるようになった。

「無理な戦闘をして、無謀な死に方をしないように」

という趣旨の呼びかけを担当していたのは、三月二十六日のアメリカ軍上陸と同時にいち早く投降した染谷少尉であった。

番組のナレーションで、「当時とすればまれな進歩的な考えの持ち主」と紹介された染谷さんは、その役目にうしろめたさがなかったか、との局側の問いに、こう答える。

「それはむしろ誇りに思っている。私自身は正しいと信じている。いまでも」

日本が戦争に勝つ見込みがまったくなかったため、無駄に死んではならない、というのが彼の信念であった。

度重なる呼びかけの末に、六月二十六日朝、阿嘉島のウタハの海岸で、日米両軍の代表による会談が実現する。待ち受ける米軍側はジム・クラーク中佐、デビット・オズボーン中尉、ハワイ生まれの日系二世、ロバート・オノ軍曹に、座間味で捕虜になった梅沢少佐や染谷少尉らを加えた十人であった。野田少佐、竹田少尉ら日本側は、護衛のための約五十人を連れて山を下る。

海岸の手前で、その五十人をあたりの草むらに隠した野田少佐は、将校だけを従えて砂浜に敷かれた毛布の上の会談の場に臨む。まず、クラーク中佐が切り出した。

「降伏してもらいたい。それはあなた方に敗北を認めろということではなくて、無駄死にや玉砕がまったく意味がないということだ」

野田少佐は返答を保留する。

「私のところには部下もいる。村民もいる。いま、私一人では決められない」

やりとりが続くうちに昼になった。クラーク中佐は部下に命じて船から食事を取り寄せ、銀製の皿に並べてこういった。

「岡に隠れている日本兵の分もあるから、みんなで一緒に食べよう」

それで、兵隊たちも海岸に下りて来た。

番組の中の野田さんは、そのときの心境を次のように明かす。

「われわれが占領（進駐）している島で、こちらから（食事を）出すならともかく、食べたくなかった」

しかし、腹を空かせている兵隊たちにいくらか足しになる、と思い直して、接待を受けることにした。こうして、太平洋戦争の戦線で他に例を見ない、敵との会食という信じられない光景がウタハの浜に繰りひろげられたのである。

その会談が終わって、午後からまた会談が再会されるが、米軍側は野田少佐の回答を得るに至らない。翌日、日本側が改めて回答するということで、最後に双方が一緒になって祈りを捧げ、左右に別れた。

そこで、またまた信じられないことが起こる。

戦後、駐日公使を務めることになる日本語の流暢なオズボーン中尉が丸腰になり、そのうえなぜか裸足になって、たった一人で日本軍に随《つ》いて来たのである。それは、野田少佐に考える余地を与えるための行動であった。

「まったく驚愕した。何が大和魂だ、というとこだな。アメリカ魂の方がはるか上だ。素晴らしいことだと思ったね」

野田さんは、カメラを通じて、四十二年前にオズボーン中尉から受けた感動を、きのうのことのように話す。

中尉は野田部隊の本部に上がって来て、出された缶詰を一緒に食べながら、のんびりと話し合った。

翌日、ウタハの浜に届いた日本軍側の回答の内容は、次の通りであった。
一、天皇陛下の命がないかぎり降伏できない。
一、米兵が海岸に上陸しても、軍事行動をとらないかぎり発砲しない。
一、住民らの投降は妨《さまた》げない。
これによって、実質的な休戦協定が成立した。そして、野田隊は敗戦後の八月二十三日、つまり、「日米兵士の昼食会」が放送されたのと同月同日に、武装解除を受けたのである。

この番組を担当したTBS報道局の吉崎隆ディレクターの奔走《ほんそう》により、昭和六十二年八月四日、ウタハの海岸で当時の日米双方の関係者が、四十二年ぶりに再会を果たす。アメリカ側オズボーン、オノ両氏、日本側野田、儀同保（当時伍長）、柳本美量（同）三氏がお互いに堅い握手を交わした。

以上がたいへん感銘深い番組のあらすじである》

本田氏のレポートは、五回にわたって阿嘉島と座間味島の問題を取り上げており、当時の状況をオーバーラップさせながら読むことができた。私はTBSの取材を受けたこともあり、「日米兵士の昼食会」の放映の場面にちょっぴり出ており、感慨深くこの番組を観させてもらった。

休戦の橋渡しをしたのが染谷少尉だけかと思っていたら、もう一人の立て役者になっていたのが第一戦隊長の梅沢少佐であった。梅沢少佐は大けがをしてアメリカ軍に捕虜になっており、親しくしていた野田少佐に降伏をすすめていたのである。当時、無線が破壊されていたからなんの情報ももたらされず、かつての部下や親友の説得に応じ、戦隊長が休戦協定が結んだとしても不思議ではない。だが、虜囚になることだって、逃走することだって処刑されることを覚悟しなければならなかったから、二十七歳の戦隊長にすれば、休戦協定を結ぶことに、かなりの勇気を必要としたのではないか。

休戦協定が結ばれたことによって、軍人以外の島民や軍夫たちは自由な行動をとることができるようになった。結局、全員がアメリカ軍に投降して餓死を免れることができたが、これは野田少佐の一つの功績といえるかもしれない。

⑫ 特攻隊員の逃亡

休戦協定が結ばれたため、アメリカ軍から攻撃されることがなくなった。日中でも行動ができるようになったため、最初に行われたのが鈴木大尉の指導によって植え付けがなされた田圃《たんぼ》の稲刈りであった。収穫された稲穂が鈴木大尉が戦死した場所に捧げられ、大勢の基地隊員や島民によって供養されたという。

染谷少尉がアメリカ軍に投降していたことがはっきりすると、島にいたときの言動が少しずつ明らかにされてきた。私立大学出身の染谷少尉は独特の考えを持っており、アメリカ軍が上陸する以前から、この戦争は日本が勝つことができない、と島民に話していた。当時は異常者のように見られていたが、二十人ほどの部下や朝鮮人の軍夫を連れて投降しているところからすると、それなりに説得力があったことになりそうだ。

だが、投降した染谷少尉の橋渡しにより休戦協定が結ばれたため、戦隊長のやり方に反発する隊員が出るようになった。

休戦協定が結ばれた翌々日、戦隊長からもっとも信頼があった隊員が首謀者となり、四人の隊員が島から脱走してしまった。餓死を免れるためだけでなく、休戦協定に不満をいだいていたから、このような行為に出てしまったらしかった。

「この島にいたのでは飢死を待つばかりであり、どこかの島に行かないか」

このように誘われた者が何人かいたが、結局、同調者のみの決行となった。

「三中隊の飯揚げにやってきたのですが、それをつくってくれませんか」

このようにうそをいってたくさんの食事を受けとり、隠してあった民間のくり舟で乗り出すことにした。ところが、四人しか乗ることができず、誘われたうちの二人は泣き泣き取り残されてしまったが、このことはいつまでも語られることがなかった。

暗くなっても四人の姿が見えず、隊員は将校から事情を聴取された。その結果、くり舟を使って島から脱走したことがわかって大騒ぎになったが、将校のかばんの中から一通の書き置きが見つかった。

「座して死を待つことができず、われわれは斬り込みに出かけることにします。敵の艦船に異常が起きたら、成功したと思ってください」

多くの隊員はカムフラージュととらえていたが、将校のなかには本気で斬り込みに出たと考えた者もいたらしかった。捕虜になることだって屈辱的なことであったが、脱走となれば、処刑されてもやむを得ない行為であった。だが、このような書き置きがあったために脱走と決めつけることができず、真相を確かめてから、結論を出すことになったらしかった。

船舶兵といっても、くり舟を操縦できる者はいなかったが、頼りになっていたのは漁師の息子らしかった。どこにいくにしても、東シナ海の荒波を越えていかなければならず、四人の安否が気遣《きづか》われていた。

戦隊長や将校が激怒したが、隊員の多くが逃亡した仲間に同情的であった。将校にいじめられていただけでなく、隊員のように痩《や》せ細っていた将校はおらず、そのことも将校に反抗心を抱く原因になっていた。島に残っていれば餓死するほかはなく、生き延びるためには投降するか脱走するほかなく、四人の逃亡が賢明なやり方だと思っていた隊員は少なくなかった。

それなのに、隊員が脱走するなんて考えたことがなかったから、私は大きなショックを受けてしまった。

四人が脱走したため、戦隊長はわれわれを集めて訓示をした。

「戦場にあっては、玉砕するか投降するかは指揮官が決断することであり、軽挙妄動《もうどう》は絶対に許すことができない。戦争がどのようになるかわからないが、みんなで一致団結してこの困難を乗り切ろうではないか」

このような訓示があったが、隊員の多くが空念仏《そらねんぶつ》みたいに受け止めていた。

隊員の動揺がいつまでも納まらなかったため、戦隊での最年長の副官は、ときどきわれわれの意見を求めたり、自分の意見を話したりしていた。

「お前たちが血気にはやって行動を起こしても、大敵に対してはどうすることもできないのだ。お前たちのような経験をした者が、この教訓を生かすようにすれば、日本の繁栄に役立つことになるんだ。いま、阿嘉島で命を捨てることは、国家に役立つことではなく、血気にはやって死を急ぐことも、名誉なことではない。戦隊長もこのことを考慮しており、個人的な行動は絶対に許すことができない」

隊員からもっとも信用されていた副官の話であったが、どのような訓示を受けても、素直に聞くことができなくなっていた。

隊員の逃走は、戦隊以外には知らされていなかったのに、いつしか基地隊や整備隊の兵隊に知られることになった。厳しい規律が求められていた戦隊員が逃走したため、基地隊員の間にも動揺が広がり、規律が乱れる原因になってしまった。

戦後、くり舟で脱走した隊員の話を聞くことができた。

四人はくり舟で阿嘉島を出てから近くの古場島に渡り、鉱山で働いている人たちから食糧をもらい、渡名喜島に渡った後、慶良間の西方六十キロのところにある久米島にたどり着いたという。アメリカ軍が上陸していたために島の人たちにかくまわれて生活し、昭和二十一年にアメリカ軍の捕虜になってから宣撫班になり、潜伏していた日本兵に降伏の働きかけをしてから復員したという。

脱走した四人のうちの一人は、復員してから教育関係の仕事に従事し、児童文学作家になった。たくさんの児童向けの図書を出版しているが、そのなかに脱走したことを書いた『四人の兵士のものがたり』がある。

体力は徐々に衰えていき、島から脱走したいと思ってもよい方法が見つからない。確実に生き残るには、座間味島にいるアメリカ軍に投降するほかなく、軍服を脱ぎ捨てて島民と一緒に島から出ていく兵隊も見られるようになった。どのような厳しい軍律であっても、生きたい気持ちを妨《さまた》げることができず、これも自然の成り行きのようだった。

アメリカ軍の舟艇は、毎日のようにやってきては投降の呼びかけをしていった。つぎつぎと逃亡者が出たために兵隊が警戒についたが、これは形式的なものに過ぎなかった。そのために警戒の目を盗んで暗いうちに海岸に出ていき、アメリカ軍の舟艇がやってくるのを待つようになった。逃亡すれば軍法会議にかけられることが建て前になっていても、死ぬか生きるかという瀬戸際に立たされていては、どんな厳罰も歯止めにはならなかった。

ついに、戦死をした鈴木大尉に代わって指揮をとっていたM中尉も、数人の部下を引き連れて投降したため、指揮官を失った部隊は戸惑うばかりであった。

天皇陛下の統帥《とうすい》のもとに厳格な規律を誇っていた日本の軍隊であったが、戦闘だけでなく、飢えとの戦いにも敗れることになってしまった。

⑬ 餓死寸前で終戦

休戦協定が結ばれたため、日中から公然と行動することができるようになった。農耕や漁労や塩田班が組織されることになり、防衛隊員が主になって、兵隊もそれぞれに割り振られて作業することになった。いくら生きるためとはいえ、歩くことに不自由している状態とあっては能率があがるはずがなかった。

塩田づくりを担当したのは、経験のある香川県出身の下士官であった。まずはセメントを集めることからはじまり、民家にあった使用可能なものを見つけ出したりした。塩田予定地の海岸まで運ぶことになったが、卒倒者が出るなどしたために、作業は大幅に遅れてしまった。

ようやく海岸の近くに小さな塩田が出来上がり、満潮のときに海水を汲み上げてきたが、珊瑚の白い砂に吸い込まれてしまってうまくいかない。それでもあきらめるわけにいかず、塩田にたまった砂をかき集めて筵《むしろ》で濾過《ろか》し、大きな釜で煮詰めると灰色の固体になったが、これは汗と労働の結晶みたいなものであった。

蘇鉄《そてつ》から澱粉《でんぷん》をとることだって、技術のある人が少なかったためにうまくいかなかった。どれもこれも焼け石に水みたいになってしまったが、生きていくためにはつづけていくほかなかなかった。

遠慮なく食べることができたのは、支給される飯盒《はんごう》の蓋《ふた》に半分ほどの桑やツワブキの葉の雑炊だけであった。まずくて少量だったが、すでに胃袋が萎縮《いしゅく》しており、飢えに慣れていたためか、さほどの苦痛を感じなくなっていた。将校や主計の係がどんなものを食べているのかわからなかったが、痩せ細った者は見当たらない。将校が白米を食べていたのを見た、という話が実しやかに伝えられ、将校や主計に対する不信がだんだんにつのってきた。

「桑ばっか食べていると、蚕みたいに尻から糸を出すようになってしまうぞ」

自嘲ぎみにこんなことを言い出す隊員もいた。

島の食糧はすべて主計の将校が管理していたため、頻繁に持ち物などの検査が行われていた。毎日のように猛暑がつづいたため、日中は壕の中でじっとしていることが多く、夕方になってから行動が開始された。

ひそかに畑に出かけていっても、さつま芋は食べ尽くされて葉のみ残されており、野菜を見つけることができなくなっていた。取り残されているツワブキを見つけると、苦いのを我慢しながら口にしたりした。草や木の葉など食べられそうな物はなんでも口に入れていたが、下痢などを起こすこともなかった。

杖がわりにしていた小銃を持つことができなくなり、鉄兜《てつかぶと》だって重く感じるようになってしまった。歩くことにも苦労するようになったが、命をつなぎ止めるために食べ物をあさるほかなかった。

重い足を引きずっては海岸に出かけていき、空き箱などに隠れている宿借りを見つけてよろこんだり、海草や貝を生のまま口にしたりした。漂流物を探して白浜の海岸を歩き回り、腐ったリンゴを口にしたり、砂がついた食べ物を海水で洗って食べたりもした。海岸に流れついたアメリカ軍の缶入りのお菓子を口にしたときは、久しぶりに人間の食べ物にありついたような気分にさせられた。

島の人たちは食べないといわれていたアダンの実が、夏になると赤みを増してきた。海岸にはたくさんのアダンの木があったが、棒でもぐことができず、蛸《たこ》の足のように生えている木に上らなければならなかった。

木に上ることだって容易ではなかったが、食べ物を目の前にしては引き下がることができない。何度も試みてようやくもぎ取ることができたものの、パイナップルのように固く閉ざされていたから、実をはがすのが容易ではない。小さな房からわずかに甘い汁を吸い取ったが、甘みがとぼしくなっていた体には最高のエネルギー源になっていた。

ついに、歩くことにも不自由を来たすようになり、段を上ろうと思って上ることができなくなった。頭のなかでは段の上まで足を上げたつもりなのに、足もとを見ると段の途中に引っかかっており、両手で足を持ち上げたり、四つんばいになって這い上がったりした。

坂を下るときだって惰力がついて容易に止まることができず、二、三歩先にすすんで止まることもあった。数百メートルの坂道を行き来するのに何時間もかかってしまい、爆音にびっくりしてもすぐに反応することができず、心と体のバランスが完全に崩れていることがわかった。

マラリアにかかると、松の枝などで覆われた医務室の壕に運ばれていった。栄養失調やマラリアの患者で満員になっていて身動きもできず、医薬品が不足していたから、そのまま死亡してしまう者もいた。マラリア患者には食塩注射がなされているだけであり、多くの患者が死を待つばかりの状態になっていた。病床に横たわって明日もわからない兵隊もいれば、食糧をあさっている兵隊もいたが、どちらにしても死が迫っていることは間違いのないことであった。

逃亡した兵隊によって阿嘉島の現状が伝えられていたらしく、アメリカ軍の舟艇がやってきては宣伝をくり返していた。

「こちらは病人を治療する設備がありますから、病人を大谷海岸に連れ出して置けば治療してあげますよ」

投降しようと思っても、一人で歩くことができなくなっていた。病人を抱えて山から降りられる元気な兵隊は、一人もいない。餓死者が出るたびに、つぎはおれの番かもしれないと思うようになり、じわじわと死が迫っていることがわかった。

戦っていたときには虱《しらみ》の存在に気がつかなかったが、マラリアを媒介するといわれて虱退治がはじまった。着のみ着のままの衣服が虱の格好の住みかになっており、下着からはみ出した虱が軍服の襟や階級章にまでつくようになっていた。「千人針」は弾に当たらない願掛けになっていたが、いまや虱の格好の住みかになっており、糸と糸の間に食い込んでいたから、とるのに難儀をさせられた。

虱には白っぽいものもあれば、やせ細ったものもあり、血を吸ったふくれ上がっている吸血鬼のようなものもあった。敵討《かたきう》ちでもするように一つ一つつぶしていったが、翌日になるとごっそりとついており、死期が近づくと、虱さえ寄りつかなくなるという話を聞いてホッとしたりした。

真夏の暑い太陽に照らされたため、涼しくなってから行動が開始されたが、歩くだけでも重労働であったから、できることは限られていた。じっとしている方が楽であったし、体力の消耗も少なかったが、座して死を待つ気分にもなれず、這うような格好をしながら食べ物あさりに出かけていた。

八月の中旬、「赤蜻蛉《とんぼ》」と呼ばれているアメリカ軍の小型機が、阿嘉島の上空を旋回しながらたくさんのビラをまいていった。力なく拾った一枚のビラによって、広島市に原子爆弾が投下され、たくさんの被害が出たことを知った。久しぶりに文字に接することができたが、それはつぎのようなものであった。

一、八月十日金曜日、陛下より同盟国に降伏したき旨を伝へられる。

二、ソ聯も戦線布告せり（八月七日）、それより三日後、米国軍は秘密兵器である原子爆弾をもって広島市を爆撃せり。原子爆弾の威力は物凄く、同市の六割を破壊し、四平方哩《マイル》の間の生物は悉《ことごと》くその生命を絶てり。

三、米英ソ支聯合陸海空軍は日本を包囲攻撃中なり。そして日本は世界より遮断せられある絶望的現勢を考へ日本政府有力者は日本の全面的破壊を好まず降和したき旨を通牒《つうちょう》せり。

四、「日本政府は七月二十六日米英両国の提示せる最後通牒に基き（その後ソ聯及び支那は同提示に加盟せり）降和する旨」これはポスダム（ドイツ）の最後通牒として知られあり。

その通牒を簡単せば、

①同盟国は、日本が平和状態を取り戻す迄日本に駐屯す。

②日本国民を奴隷視せず、日本国民を支援し、世界の内の平和なる独立国としての権利を附与する。

五、八月十二日（日曜日）米国大統領トルーマンは、従来通り「陛下の日本帝国統治の主権を有する」事を認むる旨同盟国は受託せる事を通牒せり。

たくさんのビラがまかれると、アメリカの謀略だから信用してはならないとの戦隊長の命令が伝えられてきた。

小型の飛行機によってビラがまかれたかと思うと、こんどは座間味島に面した海岸に小型の発動艇がやってきて、大きな音量で放送を流しはじめた。

「阿嘉島のみなさん、阿嘉島のみなさん、皆さんは最後まで闘われた名誉ある勇士です。米軍は島に残っておられる皆さんに対して、心から敬意を表します。しかし戦争は終わりました。平和の日は来ました。皆さんは故郷に帰ることができるのです。これについて明日の午前十時に、前に会見した海岸で会談したいので、ぜひ軍使を出してください。軍使は前のときのように黄色い旗を立てて来てください」

空からは、ふたたび小型機によってたくさんのビラがまかれたが、いまも手元にあるので載せておくことにする。

「畏《かしこ》クモ天皇陛下ニオカセラレテハ今般大本営ニ対シ左記ノ如ク聯合軍ニ対スル敵対行為ヲ停止シポツダム共同宣言条項ヲ受託スル権限ヲ付與《ふよ》遊バサレマシタ。陛下ニハ勅令ヲ発セラレ全日本軍ニ対シ武器ヲ捨テ聯合軍総司令官ヨリノ指示ヲ待ツ様ニ遊バサレマシタ。陛下ノコノ御決断ハ昭和二十年八月十五日ニ御出来遊バサレタモノノ如ク拝シマス。此ノ地区ニ於ケル全日本軍隊ハ武器ヲ捨テ地区司令官ノ管轄下ニアル最寄リノ米軍本部ヘ出頭スベシ。米軍ハ武器ヲ捨テ抵抗ヲ止メタ害意ナキ日本軍隊ニ対シテハ絶対ニ発砲セヌ様固ク司令官ヨリ発令サレテアル」

毎日のように宣伝のビラがまかれ、舟艇も海岸にやってきては降伏を呼びかけており、だんだんと戦争が終わった気分にさせられた。このときになっても、アメリカ軍の謀略だと言い張っていた隊員がいたし、「日本が負ける」という言葉はタブーとされていたから、だれも口にすることができなかった。

阿嘉島には無線もラジオもなかったから、降伏の事実を確かめることはできなかった。いままでの推移からして戦争が終わったものと思えたため、確認するために特使が派遣されることになった。軍使となった将校が部下をつれて、米軍の発動艇で第三戦隊のいる渡嘉敷島に渡り、ラジオを聞くなどして戦争が終わったことを確認した。

戦隊長から戦争が終わったことを正式に伝えられたが、感情さえ枯渇していたから特別な感慨はなかった。備えてあった食べ物がみんなにふるまわれたが、胃袋もやせていたし、食欲もとぼしくなっていたから、満腹感を味わうこともできなかった。

戦争が終わったことを実感するようになったものの、「捕虜になれば虐殺されるのではないか」との恐れは、脳裏から消えることがなかった。どのようになるのか気になっていると、米軍に武器を引き渡したのち、収容所に送られるとの指示があった。前途に不安はあったものの、餓死することはないとの期待を抱くことができた。

八月二十三日、戦隊長の最後の訓示があるというので、戦隊本部近くの広場にいった。副官の指揮で亡くなった人の霊に黙禱《もくとう》をした後、戦隊長の訓示がはじまった。

「われわれは、大命を拝して阿嘉島に駐留して以来、一年近くともに闘い、飢えに苦しんできたが、今日、大命にしたがって降伏するのやむなきにいたった。いさぎよく軍門に下ることになったが、長い間ご苦労であった」

これを受け止める兵隊の表情はさまざまであったが、ホッとした者が多かったようだ。

訓示が終わったとき、青い服を着たアメリカの十数名の兵隊が山に上ってきた。その先導役になっていたのが、先日、部下を引き連れてアメリカ軍に降伏したばかりのM中尉であった。当時、裏切り者と罵《ののし》っていた兵隊も、罵られていたM中尉の仲間入りをすることになってしまった。戦争には勝者と敗者がつきものだとしても、だれがこのような勝ち味のない戦争をはじめたのだろうか。

第三章——捕虜

① 座間味収容所

武装解除されて捕虜《ほりょ》になったのは、終戦から八日遅れの八月二十三日であった。阿嘉島の戦いがはじまってから五か月後のことであり、餓死寸前でアメリカ軍に投降することになった。

アメリカ兵の先導として山に上ってきたのは、先日、投降して部下から非難されていたM中尉であった。自動小銃を肩にした十数人の黒人兵に囲まれるようにして山から下りたが、やせ細った体にボロボロの汚れた衣服を纏《まと》い、よちよち歩きをしている格好は、敗残兵そのものであった。

破壊されていた集落を通り抜け、港までたどり着くのにかなりの時間を要してしまった。比較的元気だったA少尉と十二人の隊員は、本隊とわかれて慶留間島の遺骨収集に当たることになった。将校が比較的に元気なのは理解できたが、選ばれた隊員の顔ぶれをみると、布告を守らずに食糧をあさっていた連中であり、忠実な部下とは言いがたかった。

大半の者はアメリカ軍の発動艇に乗せられ、慶良間海峡に停泊していた海防艦まで運ばれて本島にいくことになった。遺骨収集組は、水陸両用車に乗せられて座間味島に向かったが、何か悪いことでもしたかのようにうつむいたままだった。二人の黒人兵は肩から自動小銃を下げ、ガムを噛《か》みながら、われわれの監視に当たっており、慶良間海峡に入っても景色を眺める余裕はなかった。

スクリューから車軸に回転を変え、舟艇は、一気に海岸をかけ上がって広い道路に出ると、すぐに止まってしまった。そこはバリケードに囲われた収容所の入口であったが、一人で降りることができなかった。

押し込まれるようにしてゲートをくぐり、二重の鉄条網が張り巡らされた収容所に入れられた。どのような仕打ちが待っているかわからず、強制労働をさせられたあげく虐殺されるのではないか、という不安だけが脳裏をかすめていた。どんなに恐怖心を抱いたところでどうなるものではなく、座間味収容所で屈辱を味わいながら、捕虜としての第一歩を踏み出すことになった。

みんなが広場に集められ、監視の兵隊が何やら話しかけてきた。何をしゃべっているのかさっぱりわからず、捕虜はおびえるばかりであった。

捕虜の一人一人の腕をつかんで一列に並ばせ、何かをしゃべりながら服を脱ぐゼスチャーをした。何をされるかわからないためにじっとしていると、一人の捕虜の服をつかんで無理やり脱がせようとした。みんながしぶしぶと軍服を脱ぐと、下着まで脱ぐようなゼスチャーをし、ついに素っ裸にされてしまった。

脱がされた衣服は、広場の中央に集められてガソリンがかけられ、ライターによって火がつけられた。愛着のあった衣服が燃え上がるのを見て不吉なものを感じ、ますます不安が増してきた。

素っ裸にされて一列に並ばされたとき、カバンを下げた中年の兵隊がやってきた。聴診器を取り出したので軍医とわかったが、何をされるか気が気ではなく、みんなおどおどするばかりであった。一人の捕虜の手をつかんで脈を調べたり、口を大きく開けさせて懐中電灯で調べるなどしたため、診察していることがわかった。

だれもが垢《あか》に汚れていたのに、いやな顔ひとつ見せずに聴診器を当てており、これも宣撫《せんぶ》工作のひとつかも知れないと思ってしまった。

全員の診察を終えると、こんどは黄色い錠剤を取り出した。

「マラリア、マラリア」といいながら飲むゼスチャーをしたが、毒殺されることを恐れていたから、だれも受け取ろうとしない。無理に手渡されても口にする者はおらず、軍医は処置にこまってしまったらしかった。

このとき、アメリカの軍服を着た日本人が見えたのでびっくりした。軍医と何やら話し合ってから、われわれのところにやってきた。

「私はアメリカ軍の通訳をしていますが、両親は日本人なんですよ。いま、軍医から診察の結果を聞いたところ、病気と診察された者は一人もいませんが、全員が栄養失調とのことです。だれも黄色い錠剤を飲みたがらないようですが、これはキニーネというマラリアの予防薬ですから、飲んでくれませんか。毒殺されることを恐れていたり、捕虜になったことを屈辱と考えている人もいるようですが、みなさんは最後まで勇敢に戦った兵士であり、やがて本国へ帰ることができるのです」

両親が日本人と聞かされ、ちょっぴり安堵《あんど》の胸をなでおろすことができたが、虐殺の恐れを払いのけることはできなかった。

通訳にすすめられ、マラリアの予防薬のキニーネを、いやいやながら口にした。飲むふりをしてから踏みつぶしてしまった者もいたが、それもやむを得ないことであった。

ついでドラム缶でつくられた風呂に入ることになったが、これは数か月ぶりのことであり、足元がふらついていたから、容易にまたぐことができない。やっとの思いで風呂に入ったところ、浮き上がってしまいそうな錯覚を覚え、ゆっくりと入っていることができなかった。

風呂から上がると、アメリカ軍の作業衣や下着がいくつも用意されていた。できるだけ小さなものを選んだが、どれもこれも日本人の体格に合わないものばかりであり、大きなパンツともなると、片方に胴体がすっぽり入ってしまうほどだった。ズボンの裾だって、長すぎたために幾重にも折り、上着はコートを羽織っているみたいに長かったが、もっとも気になったのが服やズボンに大きく書かれていた『PW』の文字であった。

なんのマークかわからないため、二世の通訳に尋ねると、

「これはプリズナー・オブ・ウォーの略であり、日本語に訳すと、あなた方がもっとも嫌っている捕虜のマークなんです」

といった。

天皇陛下の命によって降伏したから、捕虜の取り扱いは受けないと思っていたが、『PW』のマークの入った服を着せられ、捕虜の屈辱を味わわされてしまった。

夕食に出されたのは、アメリカ軍の兵隊が食べているものと同じものであった。大きなステンレス製の皿はいくつかに区切られており、そこにたくさんの料理や果物などが並んでいた。捕虜にはぜいたく過ぎるものばかりであり、ナイフとフォークを使っておいしそうに焼かれた肉を口に入れたとたん、吐き出してしまった。桑やツワブキの葉などを常食にしていた胃袋が拒否反応を示し、空腹なのに食べることができないというおかしな現象が起きてしまった。

ビスケットを口にしても味がわからず、ジュースを飲んでも何を飲んでいるかわからず、味覚も麻痺《まひ》していることがわかった。

座間味収容所は、二条のバリケードに囲われていて、四囲に木造の監視塔があり、二か所で自動小銃を構えた兵隊が監視にあたっていた。広場のすみには長く深く掘られた溝があり、そこがトイレになっていていたが、囲いもなかったから丸見えであり、思わず輸送船の簡易トイ

レを思い出してしまった。

中年の軍医は、毎日のように診察にやってきた。通訳がいないと言葉が通じないため、自分の頭を指しながら「ヘッデイク、ヘッデイク」といったり、腹を押さえながら「ストマック、エイク」といったりしていた。このようなことがくり返されているうち、「ヘッド」が頭であり、「ストマック」が腹であり、「エイク」が痛みかもしれないと思えるようになった。

軍医が問いかけてくると、「イエス」とか「ノー」と答えたが、どれほど正確に理解できていたか、どれほど正確に伝えられたかとなると、心もとなかった。

会話とは言い難かったが、簡単な英語の単語を並べているうちに、少しばかり通じるようになり、覚えることができた単語の数も少しずつ増えていった。

通訳からアメリカ軍の階級を教えてもらったところ、軍医は少佐であり、通訳が軍曹、監視の兵隊が一等兵ということがわかった。日本の軍隊であったなら、丸腰の少佐がひとりで収容所にやってくるなんて考えられないことであり、こんなところにも日本軍とアメリカ軍の違いのあることがわかった。

二世の通訳だけでなく、監視の兵隊だって、捕虜に親切であった。「鬼畜米英」と教えられてきたことに疑問をいだいたが、それだって簡単には脳裏から消えることはなかった。

アメリカ兵の気心がわかってくると、通訳にさまざまな質問ができるようになった。

「われわれはアメリカに連れていかれて強制労働をさせられ、日本に帰ることができないんじゃないですか」

「どうしてそんなことを言うんだね。捕虜になったことは恥ずべきことじゃないし、強制労働につくことはあっても、祖国に帰れないなんてことはありませんよ」

「遺骨収集が終わったら、どのようになるんですか」

「本島の収容所に送られることになると思うが、やがて本国に帰されると思うよ」

通訳とこのような会話を重ねているうちに、強制労働させられたあげく虐殺されるという不安が徐々に解消されていった。いつまで座間味の収容所で過ごすのかわからなかったが、少しばかり復員の希望を抱くことができるようになった。

座間味の収容所は、われわれが入る前まで民間の人を収容していたらしかった。そのためか、ここに勤務している兵隊は比較的鷹揚《おうよう》であり、笑顔を見せながら「グッド、モーニング」と言葉をかけてきた。収容所の生活に慣れてくると虐殺の恐れも薄らいできたが、いつになっても遺骨収集がはじまらない。

② 遺骨収集

遺骨収集のために残ったが、何もすることがなくぶらぶらしているほかなかった。収容所に入ったばかりのときは、脂《あぶら》ぎった食べ物に拒否反応を示していたが、少しずつ口にすることができるようになった。

目の前の阿嘉島を眺めていると、グラマン機にねらわれたことや戦死をした仲間のことがつぎつぎと思い出された。生き延びて捕虜になり、座間味の収容所で捕われの身になっているのが不思議のような気さえしてきた。前途にどんなことが待ち受けているのか想像することさえできないが、はっきりしていることは、近々、慶留間島の遺骨収集がはじまることだけであった。

収容所に入ったばかりのときは、歩くのに困難をきたしていたが、アメリカ軍の食事にも慣れてくると、体力が徐々に回復しているのがわかるようになった。いまだ歩くことに不自由をきたしていたものの、十日ほどしたときに遺骨の収集がはじまった。

上陸用舟艇に箱や袋やガソリンなどを積み込み、第三中隊が駐屯していた慶留間島に向かったが、ニシバマ海岸が真正面に見えたときには、感慨ひとしおのものがあった。焼夷弾《しょういだん》で焼かれていた野や山もすでによみがえっており、舟艇の上からは戦争の爪痕《つめあと》を見ることができなかった。

舟艇は、十数分で慶留間島の阿嘉海峡に面した海岸に乗り上げた。この島にもアメリカ軍が上陸したことはわかっていたが、どのような戦いがなされたのかまったくわからない。

さっそく、A少尉の指揮のもとに作業がはじめられ、最初に、第一中隊の人たちの消息を知るために秘匿壕にいった。壕には大きな破壊の跡は見られず、一隻の「マルレ」も見当たらなければ、隊員の遺体を発見することもできない。

三月二十六日の夜、戦隊長の出撃の命令を伝達するため、S隊員が泳いで島に渡ったことまでは確認されていた。

アメリカ軍が阿嘉島から去った後の四月中旬、第二中隊の隊員が阿嘉海峡を渡って調査しているが、このときも消息を明らかにすることができなかった。第一中隊の秘匿壕は狭い阿嘉海峡に面しており、山の陰にあったために被害を免れ、全員が出撃したものと推定するほかなかった。

海峡を隔てた向かいに阿嘉島が見えたが、港には転覆したままの連絡船が見えており、集落のいたるところに、戦争の傷痕が色濃く残っていた。

四つん這いになりながら斜面を上っていくと、土に埋められながら足や手を出している遺体を見つけることができた。生き残った島の人たちが土をかけ、目印に棒を立てたり、大きな石を置いたりしていたらしく、あっちこっちに転がっている遺体を発見することができた。

風雨にさらされていたためか、かぶせてあった土も流されてしまい、カーキ色の軍服は色あせてボロボロになっていた。露出していた体の一部が動物によって食いちぎられていたり、頭髪が抜け落ちて原形をとどめていないものもあった。

携帯しているはずの真鍮《しんちゅう》の認識票を探すために少しずつ掘り起こしていくと、腐敗した肉片がべっとりとてのひらに付着してしまい、腐敗臭がいつまでも残っていた。付近には焼夷弾で焼かれたと思われる焦げた樹木が林立しており、まるで地獄絵の中にいるみたいであった。

遺骨の収集の監視には、カービン銃を肩にした二人の黒人兵が当たっていた。そのうちの一人はクリスチャンらしく、死体が発見されるたびに十字を切っていた。いままで、殺すか殺されるかの戦いをしてきたというのに、どうしてこのような態度がとれるのか疑問に思ってしまった。

認識票が見つからない遺体もあれば、錆《さ》びついてしまって読み取ることができないものもあった。丁寧に錆《さび》を落としながら番号のチェックをし、身体特徴をメモしては場所を特定しながら一人ひとりの遺体の確認作業をすすめていった。

遺体や衣服や所持品は、身元確認のために大切なものであったが、そのまま持ち帰ることができず、その場で茶毘《だび》に付することにした。

付近にあった木を拾い集めて井げたを組み、その上に遺体を載せてガソリンをかけた。ためらいながら火をつけると、一瞬のうちに火の海のようになってしまい、焼けていく遺体を見ながら何度も合掌した。骨になった遺体を一体ずつ拾って箱や袋に詰めていったが、どうしても身元を明らかにできないものが、かなりの数にのぼってしまった。

初日の作業は、予定された以上に時間がかかってしまい、作業を終わろうとしたときには太陽が沈むところであった。黄金色に染まった海に、サクバラの奇岩群がくっきりと浮かび上がっており、我を忘れて見入ってしまった。

沖縄にやってきてから、何度も夕日を見ているはずなのに、初めて本物の夕日を見たような気にさせられ、いつまでも眺めてしまった。「オーイ、オーイ」と呼ぶ声で現実に引き戻されたが、あのときの光景は、いまだまぶたに焼きついている。

上陸用舟艇に乗って阿嘉海峡を過ぎるとき、目の前にアメリカ軍が陣地を構えていた岬が見えた。あの丘から撃たれた銃撃や迫撃砲によって、何人もが傷ついたり倒れており、当時のことが思い出されてしまった。

翌日も舟艇で慶留間島に出かけたが、今度は山の中まで入らなければならなかった。急な坂に差しかかると歩くことはできず、木につかまって這い上がりながら、遺体の発見に努めたが、すべての身元を明らかにすることはできなかった。遺体を一か所に集めて荼毘に付することにしたが、身元のわからない遺骨を一緒にしたとき、やりきれない気持ちにさせられた。

遺骨収集は四日間にわたって行われたが、身元が明らかにできないものが十数体にのぼっていた。

認識票を持っていたとしても、名簿と照らし合わせなければならず、身元のわからない遺体であっても、だれが慶留間島に派遣され、だれが生き残っているか、それらを明らかにしていかなくてはならない。

捕虜になったときは、「鬼畜米英」として虐殺を恐れていたが、半月ほどの収容所の生活で大きな変化が生じていた。体力が徐々に回復しているのがわかったし、虐殺されることはあるまいと思えるようになった。「物量に対する精神力の戦い」といわれつづけてきたが、精神力だって、日本軍の方が勝っているとは思えなくなってきた。

完膚《かんぷ》なきまでに打ちのめされてしまったというのに、なぜか敵愾心《てきがいしん》だけは消えることがなく、どうしても兜《かぶと》を脱ぐ気にはなれなかった。

③　屋嘉収容所

遺骨収集が終了したため、座間味収容所を後にすることになった。阿嘉島にいたのは九か月間に過ぎず、座間味の収容所にいたのも半月であったが、慶良間列島には、たくさんの思い出があった。何度も死の危険にさらされ、餓死寸前で囚《とら》われの身となってしまい、楽しいことは何一つなかったが、多くの仲間が眠っているこの土地から離れがたくなっていた。

軍用船が座間味の港を離れると、阿嘉島がだんだんと遠くなっていった。これが見納めになるかもしれないと思うと、辛《つら》いようなさみしいような妙な感傷がこみ上げてきた。阿嘉島が見えなくなっても目を離すことができず、船べりに立ったまま、いつまでも眺めつづけていた。

船は、二時間ほどで那覇の港に着いた。いまだに十・十空襲のつめ跡は色濃く残っており、崖《がけ》の上にあった波の上神社の鳥居だけが変わらぬ姿を見せていた。港の周辺は基地一色に染められており、市街地の片鱗《へんりん》さえ見ることができなくなっていた。

どこへ連れていかれ、何をさせられるのか不安を抱きながら輸送車に乗った。滑走路のように広い直線の道路の両側には、うずたかく積まれた軍需物資がきちんと並べられていた。その間をくぐり抜けるようにして北進をつづけると、遥かかなたに慶良間列島を望むことができたものの、阿嘉島を見ることはできなかった。

輸送車の上から辺りを見回すと、あっちこっちに激しかった戦いの爪痕を見ることができたが、どの辺りを走っているかわからない。一時間ほど走って右折すると、十数分で東海岸に出てしまい、本島が南北に長く東西に狭いことがわかった。

東海岸に出ると間もなく、二重の有刺鉄線で張り巡らされた収容所が目に飛び込んできた。高さが三メートルもあると思われるバリケードのなかには、たくさんのテントが碁盤の目のように並んでおり、PWのマークをつけた捕虜がうごめいているのが見えた。


ゲートの前に到着すると一列に並ばされ、青い目をしたMPの人員の点呼と身体検査を受け、頭からDDTを振りかけられた。本籍や氏名や生年月日などを記入すると、五〇四五一の番号をつけられたが、あまりにも捕虜の多いことに驚かされた。

入口の近くにたくさんの人だかりがあったが、そのときには何があったのかわからなかった。人だかりのなかから声をかけられたが、それは阿嘉島でわかれた仲間であり、お互いの無事をよろこび合うことができた。仲間の話によって、これらの人たちは行方がわからない戦友を探し求めて集まっている人たちだということを知った。

遺骨収集の指揮をとったA少尉は将校部隊に入れられ、一緒にやってきた仲間とも別れ別れになり、私は第五中隊に組み込まれた。テントには二十人ほどいたが、新参者とあってはだれに語りかけることもできず、だれからも話しかけられなかった。

ここでは捕虜番号が固有名詞のようになっており、経歴や軍隊での階級はどうでもよいことであった。テントの中では私がもっとも若そうであったが、年齢差が考慮されることもなかったから、だれもが平等に取り扱われた。

座間味の収容所では、調理されたアメリカ軍の兵隊と同じ食事が出されていたが、ここでの食事は野戦用のKレーションであった。蠟《ろう》びきの箱に入れられており、最初に受け取ったものには、ビスケット四枚とチーズや肉の缶詰や粉末のオレンジジュースなどが入っていた。いままでにチーズを見たこともなければ食べたこともなく、どんな味がするのか見当がつかなかった。味見でもするように口に入れると、石鹼をかじるような感触がして食べることができない。ビスケットもチョコレートも、お菓子感覚で食べてしまい、あまりにも量が少なすぎたために満腹感を味わうことができなかった。

夕方の点呼のとき、全員が広場に集められて五列に並ばされた。白人の将校が五、十、十五というような数え方をしており、点呼が終了したときに全員にマラリア予防薬のストロキニーネが手渡された。多くの捕虜がすんなりと口にしていたが、新参者のなかには飲むことを拒《こば》んだり、こっそりと踏みつぶす者もいた。

話し相手もなく心細くなってくると、いやなことがつぎつぎと浮かんできた。ハワイに連れていかれて強制労働させられるといううわさを耳にすると、ふたたび虐殺の二つの文字が脳裏をかすめるようになった。さまざまな不安を抱きながら毛布にくるまって固い土間で横になっていると、いつの間にか眠りについた。

眠りにくかった夜を過ごして目が覚めたとき、隣のベッドの三十歳ぐらいの男から、「おはよう」と声をかけられたが、その一言だけでも感謝したい気持ちにさせられた。

だんだんとわかってきたのは、テントの中に戦争中に捕虜になった者が何人もおり、いまだ「虜囚としての辱めを受けず」という気持ちを引きずっていたらしく、所属の部隊や名前さえ語ろうとしない。ところが、戦後に捕虜になった者には、「天皇陛下の命令に従って降伏した」という大義名分があったから、偽名を使う必要もなかった。

だれがどんな過去を持っていようとも、ここでは詮索されることはなく、沖縄で戦って、捕虜になって同じテントで生活しているという共通の認識があるだけであった。

びっくりさせられたのは、敗戦によって旧軍隊の組織がまったく通用しなくなっていたことであった。それだけでなく、収容所長や大隊長や中隊長などの要職は、すべて戦争中に捕虜になった人たちによって占められていた。日本は敗戦国になったのに、朝鮮人は第三国人扱いになって待遇の面でも特別な扱いをされており、敗戦によって様変わりしていることがわかった。

収容所も広かったが、トイレは幅が数メートル、長さは十数メートルもあり、蚊や蠅《はえ》が入らないように四方に金網が張られていた。内側にはたくさんに穴のあいた木枠があり、二列に並んで、三十人ぐらいが腰かけて用足しをすることができた。DDTを散布した形跡も見られ、衛生面にじゅうぶんな配慮がなされていることがわかった。

腰を下ろしながらアメリカ軍の雑誌に目をやっている者もいれば、鉄柵越えに金武湾に浮かんでいる飛行艇を眺めている者もいた。

初めは拒否していた者も、キニーネを飲むようになった。支給された食事にも慣れるようになると、Kレーションといわれている携帯食糧に、三種類あることがわかった。

『B』の記号のあるのが「ブレックファースト」で朝食、『D』が「ディナー」で昼食、『S』が『サパー』で夕食であり、いずれもビスケットが主食になっていたが、副食が異なっていた。チョコレートやキャラメルなどの甘いものがあったし、煙草が入ったものもあれば、飲み物もオレンジやコーヒーなどの違いがあった。

欲しかった米は、チキンライスの缶詰にわずかに入っていただけであり、主食のビスケットはたったの四枚であった。カロリーはじゅうぶんといわれていたが、お菓子感覚で食べてしまうために、食事をしたという気分になることができなかった。

Kレーションの包装に使用されていた蠟《ろう》は、湿気の予防になっているだけでなく、お湯を沸かすこともできた。かき集めて芯《しん》を入れるとローソクにもなり、ヘルメットが洗面具に利用されており、日本軍との違いを見せつけられた。

仲間の消息が知りたかったのでA君を訪ね、その後のことを聞いた。

「Y君は、屋嘉にやってきて数日したとき、水を運んできたタンク車に飛び込んで自殺してしまったんだよ。しきりに『捕虜になったんじゃ、生きて帰ることができないや』といっていたから、それが原因だと思うんだ。S君とH君とB君の三人は、栄養失調症と診断され、アメリカ軍の野戦病院に入院させられたが、S君はすでに死亡し、H君もB君も助かるかどうかわからない状態なんだよ。見舞いにいきたいと思っても、どうすることもできないし、負けた哀れさをしみじみと味わってしまったよ」

自殺したY君だって、栄養失調で死亡したS君だって、第三中隊の中ではまじめで言葉数が少なかった。死と生の境目がどこにあるのかわからないが、われわれ隊員は、全員が生死の間をさまよっていたことになりそうだ。私だって捕虜になることを恥だと考えていたから、自殺の話を聞いたとき、他人事とは思えなかった。

助かるかどうか危ぶまれていたB君も退院し、入院時の話を聞くことができた。

「那覇の港に着いたときには、まったく歩くことができなくなっており、すぐに美里のアメリカ軍の病院に収容されて輸血を受けたんだよ。トイレに行こうと思い、杖をついてのろのろ歩いて外までいったが、我慢することができずにたれ流してしまったんだ。トイレに備えつけられてあった鏡を見たとき、あまりにも痩せ細っていて、自分の顔のような気がしなかったよ。テントの中では栄養失調のために何人も死んでおり、うわ言をいうようになると助からないことがわかり、おれも助からないんじゃないかと思ってしまったよ。うわ言をいっていたかどうかわからないが、終戦の日に投降していたら、S君は助かったかもしれないよ」

こんな話を聞かされたとき、戦争があと一か月もつづいていたら、ほとんどの仲間が餓死したに違いない、と思ってしまった。

戦争にあっては、弾や爆弾で死ぬのが常識のように思われていたが、阿嘉島にあっては飢えやマラリアによって死んだ人が少なくなかった。「天皇陛下万歳《ばんざい》」と叫ぼうとしても、叫ぶことさえできず、水を飲みたくても自力ではどうすることもできず、食べることができずにのたれ死にをした兵隊だっていたらしかった。

私が餓死を免れることができたのは、子どものときから農作業に従事していたり、戦隊長の布告を忠実に守らず、食べ物をあさっていたからかもしれない。

④ 仕返し

たくさんのアメリカ兵を殺したり、大きな損害を与えれば功労者になれたはずであったが、敗戦によって事態が大きく変えられてしまい、それを重荷と感じていた捕虜もいたらしかった。

捕虜になることを恥と考えて偽名を使った者もいれば、軍法会議にかけられることを恐れて下士官の部隊にもぐり込んでいた将校もおり、どのような経歴の持ち主なのかわからない。登録だってうその記入をしていた者もいたから、はっきりしていたのは捕虜番号だけであった。

テントでは名前を呼び合っていたが、登録しておいた偽名を忘れてしまうというハプニングさえ起こっていた。ポツダム宣言によって階級が上がったという者もいたが、ここでは軍隊の階級は、どうでもよいことであった。

決められていることといえば、朝夕の点呼に出ることと、割り当てられたときに食事の受領にいくことだけであった。柵の外に出ることはできなかったものの、朝鮮部隊や将校部隊への出入りは自由であり、仲間とのおしゃべりが日課のようになっていた。

だれもが敗戦のショックを受けていたものと思われていたが、受け止め方はそれぞれによって大きく異なっていたようだ。負けると思っていた兵隊にとっては、歓迎すべきことだったかもしれないが、ノイローゼになったり、自殺する者が後を絶たなかったため、アメリカ軍では軍医によって本格的に対策を講じるようになった。

ところが、病人が優先的に復員できるといううわさが流れると、バリケードにしがみついて大きな声をあげる者が出るようになった。精神に異常を来たしたと認められて入院させられると、つぎつぎとまねる者が出るようになったため、対策が追いつかなくなったという。

収容所では、旧軍隊の組織は通用しなくなっていたのに、かつての部下に私的な用事を言いつけていた元将校がいた。旧日本の軍隊にあっては、将校と兵隊だけでなく、兵隊と朝鮮人の軍夫の間にも圧倒的な違いがあった。上官から殴られたり、蹴られたりするのは日常茶飯事みたいであったが、部下が上官に口答えをしたり、暴力をふるうことは絶対に許されないことであった。

屋嘉収容所に入ったとき、野田戦隊長が朝鮮人の軍夫から、ひどい仕打ちをされたという話を聞かされた。逃走しようとした軍夫が処刑されたといううわさを耳にしていたから、それほどの驚きはなかったが、かつての部下が上司を殴るのを目の当たりにしたときには、いささかびっくりさせられた。

いつものように、仲間が広場に集まって雑談をしていたとき、おとなしいと思われていたW君が口火を切った。

「捕虜になったというのに、いまだ当番をつけている将校がいるんだよ。軍隊では、理由なく殴られたり蹴られたりしたから、この際、けりをつけておいた方がいいんじゃないか」

G少尉であることがすぐにわかったが、それよりもびっくりさせられたのは、W君がこんな発言をしたことだった。

「G少尉を呼び出して、お灸《きゅう》をすえてやるか」

だんだんとエスカレートしていき、このような発言がつぎつぎに飛び出した。

だれが呼び出しにいくかで迷ってしまったが、元気のある三人が将校のテントへ出かけていって、下士官大隊の広場まで連れてきた。

ただならぬ気配を感じたらしく、G少尉は、おどおどしながら広場にやってきた。

「戦争が終わったというのに、どうしていつまで当番をつけているんかね。戦争中は、あんたに殴られたり、蹴られたりした仲間がたくさんいるんだよ。あのときは我慢することができたけれど、こうなったらお礼をさせてもらうことにするよ」

皮肉を込めながらいったかと思うと、G少尉の顔面を平手で殴った。当番兵をつけるのは当たり前のように考えていたG少尉にとっては、ひどいショックだったらしかった。反省しているのか、相手が大勢だったためか、一言も発することがなかった。

ほとんどの隊員がG少尉やA少尉に殴られており、鬱憤《うっぷん》のはけ口を求めていたことは確かだが、W君のほかには暴力をふるった者はいなかった。

その翌日、仲間の一人から連絡があったので広場にいった。T少尉が何やら注意をしているところであり、部下から毛嫌いされていたA少尉もその場にいた。T少尉の話のときは素直に聞いていたものの、A少尉の話になると、いささか様子が異なってきた。

「いくら戦争に負けたからといって、G少尉を殴るのは筋違いじゃないのかね。軍隊だったから、あのときはどうすることもできなかったんだ」

A少尉がこのようにいったため、仲間の一人が反論をはじめた。

「戦争が終わって軍隊がなくなったというのに、いつまで当番をつけておくつもりなんかね。ここは軍隊ではなく、捕虜収容所なんだよ」

「軍隊がなくなったといっても、組織が完全になくなったわけじゃないんだ。それなのに、軍隊のことをむし返しにして殴るなんて卑怯じゃないか」

なおも説教をつづけていたため、聞いているのがいやになってきた。

「収容所では、元の軍曹や上等兵が収容所長や大隊長になっているんですよ。戦争中は、抵抗ができないことをよいことに、理由もなくわれわれを殴ったり、蹴ったりしていたじゃないですか。お説教をするよりも、そのことを反省した方がいいんじゃないですか」

腹の虫がおさまらないため、私はこんなことをいってしまった。殴るほどの勇気はなかったが、後味のわるさを感じてしまい、その後の発言を取り止めてしまった。あっちこっちから反発の声が出たものだから、二人の将校とも口ごもってしまった。

どちらの言い分が正しかったかというより、多数か少数かということになってしまい、勝ち味がないと思ったらしく、すごすごと引き上げていった。将校がどのような態度に出てくるかわからないが、隊員も当番をやめてしまい、これを境にして上下関係が完全に消滅することになった。

このことがあって数日したとき、私は二人の朝鮮人の訪問を受けた。戦隊長が朝鮮人の軍夫に殴る蹴るの仕返しをされたという話を耳にしていたから、いやな予感がした。

「私たちは阿嘉島にいましたが、ようやく深沢さんを探すことができました。戦隊長や将校にはひどい目に合わされましたが、若い隊員には親切にされて感謝しています。深沢さんには仕事を代わってもらっただけでなく、煙草を吸わせてもらいましたが、あのときのことはいまだ忘れることができません。ここではなんのお礼もできませんが、Kレーションを持ってきたので、受け取ってもらえませんか」

仕返しでなかったことでホッとしたが、どのように話したらよいかわからず、すぐに言葉を発することができなかった。

「あのときは、成年であったあなた方には煙草が支給されず、未成年者のわれわれに支給されていたんです。煙草を吸わなかったから、上げただけなんですが、そんなことより、壕掘りのときにはいろいろと無理をいって申しわけなく思っており、お礼をいわれてかえって恐縮しています」

このように言ったが、親切心からやったことではなかったから、歯切れがわるかった。

二人の朝鮮人の元軍夫の話によって、壕掘りが終えると、基地隊の兵隊に監視されて壕の中に閉じ込められていたが、休戦協定が成立したために座間味島にいたアメリカ軍に投降し、それから屋嘉収容所に連れてこられたことを知った。

当時の軍隊にあっては、自由に発言することも行動することもできず、上官に命令されるままに行動しなければならなかった。捕虜になればもっと自由が束縛されるものと思っていたが、柵に囲まれている不自由さはあったものの、自由に物事を考えて行動することもできた。

将校や上官に仕返しをする兵隊や朝鮮人の軍夫がいたのに、私はお礼をいわれてしまった。敗戦によって人の考えが大きく変わってしまい、あっちこっちで予期しない出来事が起こっており、人間は平等でなければならないと考えるようになった。

屋嘉収容所ではシャワーの設備が不足していたため、スコールがやってくると、みんなが裸になって飛び出していた。長雨のときにはよかったが、急に雨がやんだりすると塗った石鹼《せっけん》を落とすのに苦労させられたりした。

台風がやってきたときのことであった。雨が降りだしたのでテントから飛び出し、いつものようにシャワーの恵みを受けることができた。風雨はますます激しさを増し、横殴りの強い風にあおられてテントが倒れそうになってしまった。みんなで四隅を押えつけていると、バリバリという音とともに大きく裂けてしまったため、テントにくるまって台風の過ぎるのを待った。

雨がやんで青空が戻ってきたので外に出てみると、ほとんどのテントがなぎ倒されており、台風のすさまじさを思い知らされた。

台風がもたらしたのはこれだけではなかった。どさくさにまぎれ、朝鮮人に仕返しをされた下士官などが徒党を組み、腹いせのために朝鮮部隊に殴り込みをかけたという。双方入り乱れての殴り合いが展開され、日本の捕虜が食糧などを奪ってきたということだが、MPが気がつかなかったのか、けが人が出なかったからか、この出来事はうやむやになってしまったらしかった。

戦争は、正義の戦いとしてはじめられることが多いが、お互いが正義の名のもとに戦ったのでは、どちらが正義なのかわからなくなってしまう。いじめられたから仕返しをし、仕返しをされたから仕返しをしたということになれば、際限なく仕返しがくり返されることになりかねない。

強い者が勝ち、弱い者が負けるというのは自然の摂理かもしれないが、これを戦争や仕返しには当てはめたくないものである。

朝鮮人の捕虜は、全員が十月いっぱいで帰国したため、朝鮮人と日本人とのトラブルに終止符が打たれた。目の前の争いがなくなったとしても、心に残った不満は容易に消え去るものではなく、これがつぎのトラブルの原因になってしまうかもしれないのだ。

⑤ 賭博や演劇

収容所の生活に慣れてきたものの、鉄柵に囲われていたから、虜囚の辱めはいつになっても消えることがなかった。「鬼畜米英」と徹底的に教育されてきたから、いつになってもアメリカ兵を信用することができない。

拘束を免れるためには逃走するほかなく、柵の下に地下道を掘るとか、収容所にやってきた兵隊を人質にするとか、さまざまな脱走計画が話し合われていた。どれも実行が不可能のものばかりであったから、本気で考えていたとは思われず、憂さ晴らしみたいになっていた。

復員のうわさによろこんだかと思うと、アメリカに連れていかれて強制労働されるという話にがっかりしていた。いずれも根拠のないものであったが、さまざまなうわさに振り回され、一喜一憂させられていた。

点呼のたびに五列に並ばされ、当番の将校の人員点呼を受けた。いつものように五、十、十五と数えてきたが、おしゃべりをして列を乱している捕虜を見つけて注意をした。そこから数えつづけるものと思っていると、元に戻ってからふたたび数えはじめ、日本のように掛け算をすることはなかった。このようなやり方を見て、わざと列を乱して数え直しをさせ、負けた悔《くや》しさを発散させていた捕虜もいた。

初めはチーズが食べられなかったのに、体力が回復するにつれて体が求めるようになってきた。ほしかった米にはありつくことができず、生の野菜や果物が支給されることがなかったが、だんだんとKレーションに慣れるようになった。


退屈していた収容所の生活にあって、楽しみをもたらしてくれたのが、テントに持ち込まれた一組のトランプであった。初めは七並べなどのゲームを楽しんでいたが、物足りなくなってくると賭け事になった。最初に行われるようになったのが「追丁カブ」という賭博であり、ルールが簡単だったために大勢の者が参加することができた。

賭ける物といっても、Kレーションに入っている煙草やチョコレートなどであったから、勝っても負けてもトラブルになることはなかった。

技術は関係ないものと思っていたが、だれでも勝てるというものではなかった。遊びのつもりではじめたものの熱中してしまい、賭ける物がなくなるまでつづけるようになってしまった。だれかが、ばくち場に酒があったほうがいいと言い出すと、Kレーションに入っている乾燥ぶどうをかき集め、発酵させる技術を生かし、ぶどう酒がつくられたりした。

大勢の捕虜のなかにはさまざまな職業の人がおり、本物そっくりの花札をつくった捕虜がいた。厚紙を花札の大きさに切って一枚一枚に丁寧に絵を描き、Kレーションの蠟を溶かした中をくぐらせていた。

花札を用いた賭博《とばく》には、いくつものやり方があった。頻繁に行われていたのが「馬鹿花」であったが、これは四十八枚の花札を必要としていた。

タンザクの札が十枚（梅・松・桜・藤・カキツバタ・牡丹・萩・菊・雨・桐）は各五点となっており、このほかに十点のものが九枚、松に鶴、桜に幕、山に月、雨に小野道風、桐に鳳凰の五枚が各二十点となっており、その他はスベタといわれて各一点となっていた。これを三分すると八十八点となり、それを各自の持ち点としていたから、この数を超えた者が勝ちとなり、不足した者が負けというようにはっきりしていた。

札は各人に七枚ずつ配られ、場に六枚をさらしておいて残りは伏せておき、親は手札と場の札とを比較し、同種の札があれば取り、なければ手持ちの札の一枚を捨てる。この場合には伏せた札を一枚めくり、もし、めくった札と同種類の札があれば、それを取得することができたのである。

これは単純なものであったから、すぐにはじめることができたが、三人という制約があったため、すぐに「追丁カブ」にとってかわられてしまった。

北海道出身のNさんは「馬鹿花」にも「追丁カブ」にも強く、いつも最後の勝利者みたいになっていた。軍隊に入る前は炭坑で働いていたといっており、そのときの経験が生かされているらしく、いつの間にかカードを保管するようになった。そのために私が入っていたテントには賭博の愛好者が集まるようになり、いつも鉄火場みたいになっていた。

私も仲間入りするようになったが、負けて賭ける物がなくなると、Nさんが融通してくれたから、いつになっても足を洗うことができなかった。

あるときNさんが、「おれが手品をするからよく見ていないか」といった。手元をよく見ていたが、どのような仕掛けがあるのかわからず、「どうしてカードを当てることができるんですか」と尋ねると、「これは、当分内緒にしておこう」といって種明かしをしてくれなかった。

賭ける物がレーションやチョコレートや煙草などであったが、賭け事になるとみんな熱中してしまうらしかった。賭ける物を失った捕虜は、つまらなそうに眺めているだけであり、ここにも敗者と勝者の違いが歴然としていた。戦争にしても賭博にしても、実力者が勝つのが当たり前かもしれないが、力をつけるにはそれなりの努力が必要のようだ。

広場に「人生劇場」と名づけられた小屋が建てられ、週末になると、捕虜から選ばれた演劇班によって演劇やら演奏や歌などが披露《ひろう》されるようになった。舞台や衣装や小道具などはお粗末であったが、懐かしい歌を聞くことができたし、演劇に感動して涙する者さえいた。もっとも人気があったのが女形であったが、女性がいない収容所とあっては無理からぬことであり、女形につきまとう人さえ現れるようになった。

設備や道具がなくても簡単にできるのが歌であり、戦争中は歌うことを禁じられていた歌も、堂々と歌われるようになった。

ひと目見たとき　好きになったのよ

何が何だか　わからないのよ
日暮れになると　涙が出るのよ
知らず知らずに　泣けてくるのよ
ねえねえ　愛して頂戴ね
ねえねえ　愛して頂戴ね

誰を思い出しているのかわからないが、故郷と思われる方向に向き直る人もおり、歌も演劇も、捕虜の心をいやすのに大いに貢献してくれた。

阿嘉島にいた隊員の一人が演芸班に入っており、内情について聞かせてもらった。

「おれみたいに素人もいるけれど、本職が何人もいるんだよ。時代劇の劇団の座長をしていた者もいれば脚本家もいるし、タップダンスを踊れる人だっているんだ。おれなんか素人の代表みたいなもんだが、演劇の好きな人が集まって真剣に取り組んでいるから、みんなに喜んでもらえるんじゃないのかね。鬘《かつら》は麻をほぐして黒く染めており、衣装だってパラシュートなどを裁断し、色づけをしているんだが、この道の専門家がいるから、きれいに仕上げることができるんだ。おれは演劇することを楽しんでいるが、ここには小道具をつくることを楽しみにしている人だっているんだよ」

何千人もの捕虜の中にはさまざまな人がおり、演劇のプロがいても不思議ではないが、友人がいうように、劇団の中に素人がいるから、よりおもしろいのかもしれない。演劇がうまいかどうかというより、この種の娯楽に飢えていたから、なんでも楽しく観《み》ることができた。

観客には裏方のことがわからないが、一つの演劇が上演されるまでにいろいろのプロセスがあることを知った。脚本家がいるといっても、演題を変えていかなければならず、演出家だって、だれを主演にするかということで苦労があったらしい。本職や素人がいたり、女形や音楽家もいるだけでなく、下駄だって本職によってつくられ、パラシュートが立派な衣装になっているという。

女形が登場すると、あっちこっちから大きな声援が上がった。舞台に上がっている女形の振る舞いは、まるで女性そのものであった。本職と思われる人によって浪花節が語られかと思うと、PWのマークをつけた飛び入りによって歌が歌われたりもした。

どんな人でも最初から専門家はおらず、飛び入りをしているうちに演芸班の目に止まり、誘われて舞台に立つようになった者もいたという。故郷を思い出させるような歌が歌われると、アンコールの声がかかり、歌い終わってからも、拍手が鳴り響いたりしていた。

股旅《またたび》ものは軍事的な色彩が強いといわれ、当初は認められなかったが、劇団の責任者らが憲兵隊長とかけあって上演が許されたという。いまは主流のようになって、多くの捕虜によろこばれているが、チャンバラ劇が誕生するまでにいくつかの問題があったらしかった。劇団の座長が主役になっていた時代劇はまことに迫力があり、たくさんの捕虜の観客を釘付けにしていたが、上演までのいきさつを知っている捕虜は少ないようだ。

女形に刺激されたのかどうかわからないが、収容所内に夫婦気取りで行動している男のカップルがいた。劇団の女形はふだんの行動でも女を演じているというが、この同性愛者だって、いたるところで夫婦を演じていたから、大勢の目に触れていた。テントのなかでどのように暮らしていたかわからないが、みんなから奇異の目で見られたり、羨《うらや》ましがられたりしていた。

娯楽の幅もだんだんと広くなっていき、あっちこっちで相撲やキャッチボールが行われるようになった。劇場にもブラスバンドやドラムなどの楽団が誕生したり、タップダンスや日本舞踊が披露されるようになり、上演する種目も増えて上演時間も長くなっていった。芸も磨かれてくると、観客も多くなっていき、目も肥えてくるなどの好循環を見せるようになった。

観客のなかにもアメリカ軍の将兵が見えるようになり、驚嘆の声をあげたりしており、「人生劇場」は捕虜に生きるよろこびを与えてくれた最高の贈り物だったといえるかもしれない。

だれが書いたのかわからないが、「沖縄戦記」と題する一万四千字にもおよぶ文章が出回っており、私もそれをノートに記録し、繰り返し読んでいた。

「南海の果てしない紺碧の海原に夢の如く浮かぶ島々、波は珊瑚礁に白く砕け散り、南の風はアダンの葉末に揺れて、春夏秋冬深き緑に包まれ、苔古びし石垣、榕樹の陰深き石の道、夏は亦南国を表徴する如く灼熱の太陽の下で、真紅のネムの花は家々の垣根に燦然として咲き誇り、可憐な薫りと共に小さな花々の琉球桜は真冬の山野を彩った。（中略）

今勝連半島に抱かれし石川の浜辺に佇《たたず》みて、過ぎにし惨苦の幾旬を思い、不思議と生命長らへて屈辱の生還を約されて我等は、遥か金武の海に去来する白雲を眺め、敗れ去った祖国に想ひを致すとき、唯一抹の涙なきを得よう。萬古不易天懐無窮を誇りし祖国よ、東亜の盟主として其の覇を謳はれ、敗れる事を知らなかった祖国よ。今現実は苛酷なく敗者の名を冠せり。出迎へる人とても無き何処の港に、敗惨の姿と疲れし心を抱いて我等還らむとするか、国敗れて山河あり、秀麗の山河連なりて白雲萬古の富士を仰ぎ、白砂青松の水麗しき渓清き祖国よ。誰待つ人は非ずとも永久に変らざる山河あらば、生ける屍に鞭打ちて我等帰らん。想出多き琉球の島々よ、南の風は無心に薫り、何を囁《ささや》き何を語らんとするか。蒼茫暮れなんとして夕陽は更に赫《あか》く尽きせぬ思ひに心切々として千々に乱れて止まず。噫《ああ》、天も哭《な》け地も啼《な》け、移り行かんとする大いなる歴史は哀恨限りなき人類の悲劇を呑んで大洋の彼方に沈み行かんとす」

この文章の作者は最後までわからなかったが、私を退屈から救ってくれただけでなく、本島での戦闘のすさまじさや悲惨さを知ることができた。

第三十二軍司令官　陸軍中将・牛島満の辞世も出回っていた。

矢弾尽き天地を染めて散るとても　魂還りつつ皇国護らん
秋待たで枯れ行く島の青草は　皇国の春に甦《よみがえ》るなむ

第三十二軍参謀長　陸軍中将長勇の辞世もあった。

醜虜締帯南西地　飛機満空艦艇海
敢斗九旬一夢中　萬骨枯盡走天外

どんな気持ちで辞世の詩をつくったのかわからないが、断腸の思いがしていたのではないか。俳句や短歌や英会話などのクラブも誕生したが、私はそれらに加わることがなく、博打《ばくち》をしたりキャッチボールや演劇を観るなどして退屈をまぎらわせていた。

⑥ 強制労働始まる

捕虜になったばかりのころは、歩くことにも不自由をきたしていたが、体力が徐々に回復してきた。一か月のときは歩くことはできても駆けることはできず、重い物を持ち上げることはできても運ぶことができなかった。二か月を過ぎたころから、駆けることや重い物を持って歩くことができるようになり、元に近い状態に回復していることがわかった。

これを待っていたかのように、強制労働がはじまることになった。退屈していた将校のなかから労働を希望する者もいたが、これは国際法によって禁止されているという。作業をいやがっていた捕虜も少なくなく、仮病を使って作業を免れようとした者が続出したため、またもや軍医の厳しい診察が行われることになった。

朝、たくさんの捕虜がゲートに並んでいると、つぎつぎにやってきたトラックに乗せられた。

少人数のところもあれば二百人を越えるところもあったが、どんな部隊にいって、どんな作業に従事するか、まったくわからない。

同じテントにいた仲間とともに三台のトラックに分乗して出かけたが、途中、沖縄の女性を乗せたトラックにすれ違ったとき、どちらかともなく手を振ってあいさつを交わしていた。知っている人はいなくても、お互いに苦しかった戦いを生き抜いてきたというサインだったのかもしれない。

私たちが着いたところは、黒人兵が主体になっている輸送部隊であった。到着すると、将校の人員点呼があり、捕虜から選ばれた通訳とアメリカ軍の将校とが何やら打ち合わせをなし、いくつかのグループに分かれて現場に向かった。

自動小銃を肩にした黒人兵に連れられていったところには、スコップやシャベルが準備されていた。作業の内容はわからなくても、現場の状況からして推察することはできた。監視の兵隊が何かしゃべったが、だれもスコップやシャベルを手にしようとしない。肉体労働を避けたいというより、基地の建設に手を貸したくない気持ちの方が強かったからである。

スコップやシャベルを手渡され、作業に取りかかるようなゼスチャーをしたが、だれも作業にとりかかろうとしない。一人の捕虜の手をつかみ、ゼスチャーを交えながら説明をはじめたため、いつまでもしらばくれているわけにいかない。仕方なく作業に取りかかったものの、初めからこんな状態であったから、能率が上がるはずがなかった。

少しでも手を休めると、すかさず「ハーバー、レッツ、ゴー」の罵声《ばせい》が飛んできた。どんな意味なのかわからなくても、シャベルやスコップを動かしてさえいれば文句をいわれることはなかった。いくら能率をあげても、少しでも手を休めていると、「ハーバー、レッツ、ゴー」の罵声を浴びせられたが、能率があがらなくても、手を動かしていさえすれば注意されることはなく、こんなところにも日本との違いがあった。

日本の習慣に従って十時の小休止をとろうとして腰を下ろしたところ、すかさず「ハーバー、ハーバー、レッツ、ゴー」とやられてしまった。

昼休みのときに携帯していったKレーションを食べ、休憩しながらおしゃべりをはじめたが、このときも自己紹介をする者は一人もいなかった。身分や経歴などがわかった方が話しやすいということもあるが、お互いに知らないために、かえって気楽に話し合うことができた。

サボりながらの肉体労働であったが、作業が終わったときには体の節々が痛んでいた。労働に耐えられるかどうか気になっていたが、ある程度体力が回復していることがわかってホッとした。

作業が終了すると、ふたたび人員の点呼となった。全員が五列に並ぶと、左から五、十、十五と数えはじめたが、列を乱していると、ちゃんと並ぶように注意し、最初から数え直していた。すべてがこのような計算方法であり、日本のように掛け算をする姿を見たことがなかった。

つぎの日は機械化部隊へいったが、ここでも担当将校による人員の点検を受け、捕虜から選ばれた通訳と何やら打ち合わせをした。白人の兵隊が手を挙げながら、「カーペンター、カーペンター」といったが、なんの仕事かわからない。ところが、家を建てるゼスチャーをしながら、「カーペンター、カーペンター」といったとたん何人もが手を挙げ、私も仲間に加わった。

監視の兵隊についていったところには、建てかけのカマボコの兵舎があった。そこにはトタン屋根と金槌《かなづち》などが用意されていたが、仕事をはじめようとする者は一人もいなかった。一人の捕虜に金槌を手渡し、ゼスチャーを交えながら説明をはじめたが、わかっているのにわからない振りをしていた。監視の兵隊が、屋根に上ってトタン板を打ちつけて模範を示したため、そのように作業をすることになった。

すでに鉄骨の兵舎の骨組みは出来上がっており、釘《くぎ》を打ちつけるだけになっていた。鉄骨には釘が打ちつけられる溝ができており、トタンには穴があり、雨漏りを防ぐために釘にはパッキンがついており、素人にも容易にできるものであった。

単調な仕事のために飽《あ》きて手を休めると、すかさず「ハーバー、ハーバー、レッツ、ゴー」と言われたが、どんなに能率があがらなくても、金槌をたたいていれば、文句をいわれることはなかった。能率をあげることよりも、仕事を大事にする姿勢がどこでも見られていたが、これは日本人とアメリカ人の考え方の違いかもしれない。

カンナだって鋸《のこぎり》だって、押して使うようにできており、いろいろの面で日本のやり方と異なっていた。

ここの作業場でも、午前十時の小休止が与えられなかったが、日本の習慣にしたがって腰を降ろしてしまった。すかさず、「ハーバー、ハーバー、レッツ、ゴー」の罵声が飛んできたが、わからない振りをしてだれも腰を上げようとしない。小休止をしてからふたたび作業に取りかかったが、言葉が通じないことが不便であったが、都合の悪いこととなるとしらばくれることができた。

どのように怒鳴られようとも、基地の設置に協力したくないという考えが根底にあったから、能率はあがらない。作業をサボって怒鳴られることはあっても、暴力を振われることがなかったから、「馬耳東風」のように聞き流すことができた。

終了時間がやってくると、きちんと作業が打ち切られた。あと数分で作業が完成するような場合であっても、時間外の作業は許されなかった。限られた時間を一生懸命働けば余力がないということなのか、集合時間に遅れてしまうとみんなに迷惑をかけてしまうからか、その点がはっきりしなかった。

どこの部隊へいってどんな作業に従事するか、毎日がくじ引きみたいであり、軽作業のときもあれば重労働ということもあった。恐れていた虐待をされることはなかったが、黒人と白人による違いがあったり、監視の兵隊による取り扱いに違いのあることがわかるようになった。まず、部隊に到着すると、捕虜から選ばれた通訳がアメリカ軍の将校と作業の打ち合わせをなし、作業が分担されることは、どの部隊でも同じようなものであった。

ところが、数人のグループになると、片言の英語さえ話せる者がいなくなり、私が通訳の代役をさせられたりした。捕虜に都合の悪いことはわからないふりをし、監視の兵隊と捕虜の板ばさみのようになってしまうこともしばしばあった。

昼食のレーションを携帯していっては作業に出かけたが、きょうの作業場には竹の棒が置いてあった。どんなことをするのか見当がつかなかったが、監視の兵隊の説明によって、溝《どぶ》さらいであることがわかった。だれもすぐには取りかかろうとしないため、監視の兵隊が詰まった土管に竹を突っ込んで、溝《どぶ》さらいをする仕種《しぐさ》をした。

みんなで竹の棒をつき刺して、詰まっていた汚物をほぐすと、なんともいえぬ悪臭が鼻をついてきた。作業をしていたときに激しい雨に見舞われたが、作業は休むことなくつづけられ、手についていた汚物もいやな臭いも消してくれた。どんなに雨が降っても作業は中止されず、自動小銃を肩にした兵隊に見守られての昼食は、味気ないものであった。


西海岸近くの部隊にいったとき、四名の捕虜が黒人の兵隊が運転するトラックの荷台に乗せられ、食糧置き場にいったときに車が停止した。そこにはたくさんの缶詰が放り出されていたが、それらは単につぶれていたり、歪《ゆが》んだりしているだけであった。荷台に積み込むようにいわれ、シャベルで積み込んだが、どこに運ぶのかわからなかった。

心地好い風に当たっていると、トラックは西海岸に出た。遠い彼方に慶良間列島が見えたとき、なぜか胸が詰まるものを覚えてしまい、黙禱をしながら亡き友のご冥福を祈った。さらにトラックは北に向かっていたが、積まれていた缶詰には「パイナップル」や「ビーフ」などの記入があった。

どこへ運んでいくのかわからなかったが、いずれも捨てられる物であることがわかった。ほとんどが食べ物のようであり、パイナップルを食べたくなったため、「アイ、ウォント、イート、パイナップル」といったが、返事がなかった。アメリカの兵隊の多くが自分のことを「ミー」といっていたため、こんどは「ミー、ウォント、イート、パイナップル」とゆっくりと言い直した。

すると、「アンダースタンド」との返事があったため、缶切りがついていた「Vegetable」と書かれた缶詰を開けると、入っていたのは野菜類であった。このようにしてつぎつぎに缶詰を開いては、中味を確かめていったため、味見する程度になってしまったが、それでも満腹感を味わうことができた。

山の中に入って谷までいったとき、トラックが止まった。ドラム缶に入れた缶詰を手作業で捨てるものと思っていると、みんなが荷台から降ろされてしまった。荷台が自動的に持ち上がったかと思うと、荷は滑り落ちるようにしてすべてが捨てられてしまい、ダンプカーであったことがわかった。軍事面では太刀打ちすることができなかったが、産業面でも大きく遅れていることがわかった。

作業が終了してから部隊へもどるまで、かなりの時間があったためにドライブの依頼をすることにした。言葉が通じなければそれでよかったし、間違って伝えられても問題になることはなかったから、気が楽であった。「ミー、ウォント、ドライブ」と話すと、すぐに通じたらしく、あっちこっち巡ってくれたが、どんなにスピードを出していても、交差点ではきちんと一時停止をしていた。

戦前の道路事情についてはよくわからなかったが、いたるところが舗装されており、ドライバーも交通のマナーがよかったから、快適なドライブをたのしむことができた。

名勝地の一つの残波岬へいったとき、数人の白人の兵隊がジープにエンジンをかけていた。何がはじまるのか見ていると、無人のジープを走らせて崖《がけ》からつき落としていた。どうしてこのようなことをするのかわからなかったし、監視の兵隊に尋ねようとしたが、適当な言葉が見つからない。そこでジープを指さしながら、「ホワイ」といった。

なんの返事もなかったため、今度は、「ジープ、ハウマッチ」と尋ねた。すると、ゼスチャーを交えながらゆっくりと、「ニュー、ジープ、ツー、ハンドレッド、ダラー」といい、兵隊の給料も百ドル前後だと付け加えた。新品でも兵隊の二か月分の給料で購入できるというから、本国に送り返すより、崖から落とす方がかなり安上がりということらしかった。

⑦ サボタージュ

働いても報酬が得られるわけではなく、ましてやアメリカ軍の基地建設に働かされていたから反発の気持ちが強かった。すべての捕虜が敵愾心《てきがいしん》を抱いていたわけではないとしても、作業の能率を上げようと思っていた捕虜は皆無のようだった。

土木作業はツルハシやシャベルを使うものとばかり思っていたが、きょうの作業場には掘削《くっさく》機《き》があった。ベルトにたくさんの刃がついており、それを回転させながら土を掘っていくから直線的であり、深さも一定していた。便利な機械に感心させられただけでなく、楽な仕事にありついたと思っていたところ、機械が動いているかぎり休むことができなくなってしまった。

掘り出された土を一輪車の荷台に積み込み、埋立地まで運ぶことになったが、慣れるまで容易ではなかった。つぎつぎに掘り出されてくるために手を抜くことはできず、機械化によってかえって重労働をさせられる羽目になってしまい、認識を新たにさせられた。

軽作業を望んだからといって、それがかなえられるものではなかった。毎日のように部隊が変わっていたし、どのような作業に従事するかはいってみなければわからなかった。いろいろな作業に従事しているうちに技術を覚えることができたが、将来、役に立つものかどうかわからないものばかりであった。

きょうの作業場には、コンクリートミキサーが置いてあった。これだって初めて見たものであり、楽な仕事なのかどうかもわからない。トラックによって運ばれてきた砂利がコンクリートミキサーに入れられると、セメントの袋を破いてはミキサーに入れることになった。ドラムが回転して砂利とセメントが混ぜられると、ミキサー車によって運ばれていったが、コンクリートミキサーが動いているかぎり、少しも休むことはできない。

一人の作業だったら手加減をすることはできても、このような流れ作業とあっては、一瞬の手抜きをすることができない。こんな状態がいつまでもつづいたのに、十時の小休止も与えられず、休むために悪巧《わるだく》みが相談された。

「休みなしに働かされて疲れてしまったから、少しは休みたいものだ」

「これは、軍事設備に使われるものなんだが、なんとかしたいものだね」

だれもが休みたがっており、このようなことが公然と話し合われていたが、どのようにするかで迷ってしまった。

このとき、一人の捕虜から発言があった。

「少しばかりエンジンのことがわかるから、おれがストップさせてやるよ」

「それじゃ、おれが幕になってやるよ」

こんなことが話し合われていたが、監視にはわかるはずがなく、すぐに実施に移されることになった。

エンジンがストップさせられたが、監視の兵隊はエンジンのことがわからないらしい。砂利を積んできた自動車の運転手は、他人事のような顔をしていて車から下りようとしない。ミキサー車の運転手だって、煙草を吸いながら、故障が直るのを待っていた。

気をもんでいたのは監視の兵隊だけであり、捕虜だって関係がないといわんばかりに腰を下ろしていたから、いつになっても作業がはじまらない。

「みんな休むことができたから、ぼつぼつエンジンをかけることにするか」

配線のプラグを抜いてエンジンをストップさせた捕虜が、監視の兵隊に声をかけた。

「ミー、エンジニア」

監視の兵隊は、おどけたような表情を見せながら何かをしゃべった。「アンダースタンド」という声が聞こえ、エンジニアを自称していた捕虜は、故障箇所を見つけるような格好をしながら、あっちこっちに触れていた。すぐにエンジンをかけようとしなかったのは、できるだけ仲間を休めさせようとした配慮のようだった。

エンジンがかかると、監視の兵隊は、何度も「サンキュー、サンキュー」と言った。「サンキュー」と言いたかったのは、むしろ捕虜のほうであったが、それはおくびにも出すことができなかった。

どのような作業に従事していても、だれもがサボることには熱心であった。どんな作業でもノルマが科せられることはなかったから、作業の動作が鈍くなったり、トイレにいく回数が多くなるなど、いたるところでサボタージュが行われていた。

いつだったか、釘の入った樽《たる》やハンマーなどをトラックに積み込み、作業に出かけたことがあった。だれかが監視の目を盗んで釘の入った樽を車から路上に蹴落としてしまった。現場についたが、釘がないために作業をはじめることができず、監視が何か言ってきても知らんぷりをしていた。

ゼスチャーを交えながら、「ネイル、ネイル」といっていたが、釘とわかっても、わからないふりをしていた。ゼスチャーを交えながら何度も聞いてきたが、だれも「アイ、ドント、ノー」といっていた。

業を煮やしてしまったらしく、捕虜を乗せたトラックが部隊まで戻り、作業に必要な道具をそろえて、ふたたび作業場に向かった。その間にじゅうぶんな休憩がとれただけでなく、基地の構築の妨《さまた》げにも役立ち、おかしな満足感を味わったりしていた。

あっちこっちの作業場を巡って多くの兵隊に接しているうち、黒人の方が白人よりも捕虜に親切な兵隊が多いことがわかった。がみがみいう監視の兵隊に反抗してみたり、そのときどきの状況によって作業のやり方を変えたりした。監視の兵隊に怒鳴られようとも、親切にされようとも、一日だけの付き合いと割り切っていたから、あまり気にする必要もなかった。

⑧ マリーン部隊

捕虜には片言の英語を話せる者が何人もいたが、アメリカ兵には日本語を話せる者はほとんどいなかった。強制労働に従事するようになると、否応なしに言葉を交わさなければならず、言葉が通じるかいなかが作業にも影響していた。

言葉が通じないとゼスチャーに頼るほかないが、これとて理解するのが容易ではなく、正確かどうか確認することだってむずかしい。ところが、片言の英語を話すことができると、ゼスチャーがなくても理解することもできたし、わかってもわからない振りをすることができた。

捕虜に暴力をふるえば、軍法会議にかけられるといわれていたから、どんなことをしても殴られる恐れがなかった。

学校で習った英語の発音は、水は「ウォーター」であったが、兵隊がしゃべっているのは「ワーラー」と聞こえた。病院は「ハスピタル」と教わったが、これは「ハスピル」となっており、一般にTとDの発音が弱いことがわかった。自分のことを「ミー」といっており、簡単な英語だってこのような有様であったから、作業に取りかかるのは容易ではなかった。

どこの作業場へいっても、仕事をサボっていると、「ハーバー、ハーバー、レッツ、ゴー」と怒鳴られたが、いつになってもはっきりした意味がわからない。

監視の兵隊に会うと、「グッド、モーニング」といってあいさつを交わし、「ホワット、ユー、ネイム」と言葉をかけたりした。兵隊が名前をいうと、つぎに「ユー、カントリー」と問いかけたりし、そんなことを切っ掛けにして、会話がはじまったりした。

ゼスチャーを交えながら片言の英語を使ったり、知っている単語を並べたから、すべてが通じるというものでもなかった。このようなことをくり返しているうちに、言葉が通じるようになり、「ユー、マイ、フレンド」という言葉を交わしたりした。だが、監視の兵隊のなかにも、捕虜と一定の距離をおこうとする者がおり、だれにも同じ態度で接することはできなかった。

あるとき、黒人の兵隊が腕をまくって肌を見せながら、「ミー、ユー、セイム」といった。親しみを表した言葉なのか、白人に対する反発なのかはっきりしなかったが、黒人と白人の兵隊がしっくりしていないのをしばしば見せられた。

初めは強制労働を敬遠していた人たちも、柵の外に出ることが気分転換になるとわかったらしく、すすんで作業に出かけるようになった。迎えにきた輸送車に乗せられて金武湾に沿って南下し、しばらくして右折すると、十数分で西海岸に出ていたが、これがいつものコースになっていた。西海岸を南下すると、嘉手納にロータリーの交差点があり、左手に大きな飛行場が見えたが、ここは旧日本軍の中飛行場があったという。

きょうの作業場は、捕虜のなかでもっとも評判の悪いマリーンの部隊であった。アメリカ軍のなかではもっとも精鋭な部隊といわれていたが、ここには沖縄戦の生き残りと日本軍に捕虜になった兵隊がいるという。ゲートをくぐった広場に星条旗が掲げられていたが、これはどこの部隊でも見られる光景であったが、部隊内には塵《ちり》一つ落ちていない。

車から下りると、自動小銃を肩にした兵隊が日本語で「五列、五列」といった。軍人精神が失われていただけでなく、捕虜という寄せ集めの集団であったから、うまく並べるはずがなかった。列が乱れていると、日本の軍隊でやっていたように、後ろを回りながらカカトを蹴ったり、指先をきちんと伸ばしていないと、たたかれたりした。日本語を使いながらこのようなことをされてしまい、日本の軍隊と錯覚してしまうほどだった。

日本語が使われているものの、アクセントが違っていたり、ブロンドの髪をしたり、青い目をしていたから、より敵愾心を駆り立てられてしまった。どんなに腹が立とうとも、どのように抵抗しようとしても限界があり、日本語を知っているだけに悪口をいうこともできなかった。

土木などの仕事が多かったが、作業場へ行くときも駆け足であった。作業中は一時も手を休めることができず、少しでも手を休めようものなら、すぐに「ハーバー、ハーバー、レッツ、ゴー」と罵声が飛んできた。ときどき「フール」とか、「ガッテン」と怒鳴っていたが、「愚か者」といわれていることはわかっても、「ガッテン」の意味はわからない。

マリーン部隊にいった捕虜のほとんどが、このような仕打ちに腹を立てたり、閉口していたが、捕虜には労働組合がなかったし、抵抗の手段を見つけることもできなかった。

日替わりのように異なった部隊で作業をつづけていたとき、憲兵隊が技術者の募集をはじめた。ドライバーやクリーニングやキッチンで働きたい希望者をつのり、固定的な仕事をさせることにした。土工よりもましだと思ったり、技術を身に付けておきたいと考えて応募した者が何人もいたらしかった。

いまだ降伏していない日本兵に投降勧告をするための宣撫班員を募集したところ、希望者はいなかったという。その原因は、宣撫工作中に敗戦を信じない日本兵に射殺され、その日本兵がアメリカ兵に射殺されたという、うわさが流れていたからであった。

希望者の募集が一段落すると、今度は作業場を固定したらどうかという話が持ち上がった。転々としていたのでは能率が上がらないし、監視する側にとっても不都合だからというのが理由であった。ここで問題になったのが、マリーンの部隊を希望する者がいないだけでなく、多くの捕虜がボイコットの姿勢を示した。何人もが収容所長に交渉したために重い腰を上げざるを得なくなり、善処方を憲兵隊長に申し入れることになった。

だれもが、捕虜の言い分なんか聞き入れるはずがないと思っていた。多くの捕虜があきらめていたとき、憲兵隊長が自ら実情の調査に乗り出したという話が伝えられてきた。どのような調査したかわかるはずがなかったが、捕虜の意見が受け入れられて、マリーン部隊への作業が打ち切られることになった。再三にわたってマリーンの部隊長が撤回の申し入れをしてきたが、階級の下の憲兵隊長は、最後まで要求を拒否しつづけたという。

このようなことは、日本の軍隊では考えられないことであった。アメリカ軍では階級の上下ということよりも、どんなポストにどのような責任があるか、ということの方が重要視されているらしかった。

マリーン部隊での作業が打ち切られたため、多くの捕虜がホッとしたのはいうまでもない。捕虜に雑役をさせていたマリーン部隊では、海兵隊員が自らせざるを得なくなったのではないか。「天に唾《つば》する」のたとえではないが、日本の捕虜を「フール」扱いをしていたことが、自らに振りかかったといえなくもない。

⑨ 黒人部隊の軍曹

作業場が固定されることになり、最初に割り当てられたのが黒人兵が多い機械化部隊であった。前に二度ほどいったことがあり、ほとんどが土木作業であることがわかっていたが、親切な黒人兵が多かったので、少しばかりホッとさせられた。

部隊に到着すると、真っ先に白人の将校によって人員の点呼がなされた。捕虜の通訳と将校の打ち合わせがなされ、いくつものグループにわかれて作業に取りかかることになった。十数人の仲間とともに作業場に向かう途中、最後尾にいた私と体格のよい二人が、兵舎から出てきた黒人の軍曹に招かれた。

軍曹について兵舎に入ると、油の入ったバケツとモップを渡された。何かしゃべりながら床の掃除をするようなゼスチャーをしたため、「アンダースタンド」というと、「キャン、ユー、スピーク、イングリッシュ」と聞いてきた。いつものように、「スピーク、リトル」と返事をすると、ふたたび何かしゃべった。

理解できたのは「クリーニング」という言葉だけであったが、「イエス、アイ、ドゥー」といって作業をはじめた。軍曹は事務所で執務をつづけており、監視がつかないまま、二つの兵舎の掃除をすることになった。

カマボコ形の兵舎にはたくさんのベッドが並んでいた。家族や恋人との写真が飾られていただけでなく、目につくところに貴重品さえ置いてあった。捕虜の身元を調査したわけでもないのにどうして監視がつかず、このような作業をさせるのか理解することができなかった。二つの兵舎には数十人の兵隊が生活していたらしかったが、丁寧に掃除をしたのに、午前中で作業が終了してしまった。

食事をとるために事務所にいき、午後からの指示を仰ぐことにしたが、Sさんは英語を苦手にしていたらしかった。やむを得ず私が話すことになったが、どのように切り出したらよいかわからず、「アフタヌーン、セイム」と聞くと、「OK」との返事があった。

何もすることがなかったため、放置されていた雑誌の「LIFE」を眺めたり、Sさんと雑談をしたりした。Sさんは私より五つ年上であり、沖縄にくるまでは満州の部隊にいたといい、柔道三段の腕前であるといっていた。

一日の作業が終了したとき、あすもこの作業をつづけさせてもらいたいと思った。そのことを申し出ることにしたが、どのように話しかけてよいかわからない。やむを得ず、知っているかぎりの単語を並べ、「ウィー、ホープ、トマロー、ワーク」といった。言葉が通じなかったらしく、「セイム、アゲン」といった。

こんどはゼスチャーを交えながら、「ウィ、ホープ、セイム、ワーク、トマロー」とゆっくりと話すとわかったらしく、「アンダースタンド」という返事であった。本当に理解できたかどうか不安であったが、それを確かめる方法がなかった。

翌日、機械化部隊に到着したとき、すでに軍曹が姿を見せていた。人員の点呼が終わると担当の将校のところへいき、何やら耳打ちをしてから、私たち二人を特別に指名してくれた。軍曹に連れられ、兵舎へいって内外の清掃をはじめたが、この日も軍曹は事務所に入ったままだった。

昼飯をとるために事務所にいくと、軍曹が手紙を書いているところであった。私の顔を見るなり、「ユー、ノー、ジャパニーズ、スペル」と聞いてきた。すぐにジャパニーズ、スペル、「J・A・P・A・N・E・S・E」と答えたが、日本人がアメリカ人に英語のスペルを教えるという珍現象が起きてしまった。軍曹に「サンキュー」といわれたが、たとえ片言の英語であっても言葉が通じたことがうれしかった。

そのことがあってから、片言の英語を交えながら軍曹とさまざまな会話ができるようになった。軍曹は自分の肌を示しながら、「ユー、セイム」と言ったかと思うと、「トウジョウ、ノー、グッド」といった。「コミュニズム、ノー、グッド」といったが、どうしても意味がわからず、「コミュニズム、ホワイ」と尋ねた。すると、「ソビエト、コミュニズム、アメリカ、デモクラシー」といったので、共産主義ということがわかった。

このように会話をつづけているうちに、難《むずか》しい言葉もだんだんと理解できるようになった。軍曹と親しくなると、物珍しいと思ったらしく、兵舎の兵隊が事務所にやってくるようになった。「キャン、ユー、スピーク、イングリッシュ」と話しかけてくると、「ユアー、カントリー」とか、「ハウ、オールド」と尋ねたりした。他愛《たわい》のないような言葉であっても、話し合っているうちに親しさが増してきて、ときたまキャンディーなどを持ってきてくれるようになった。

兵舎内で公然と博打《ばくち》が行われており、テーブルの上に軍票を重ねてカードをめくる姿がしばしば見られた。何十枚ものエロ写真を持ってきて、自慢そうにわれわれに見せたり、「フジヤマ」とか「ゲイシャ、ガール」という日本語を使う兵隊もおり、友達みたいに会話することができた。

あるとき、軍曹が私物の洗濯を頼んできた。監視の兵隊であっても、捕虜に私的な用事を頼むことができないことを知っていたので断わった。事情を聞くと、部隊の中にあるクリーニングに出すと金がかかりすぎるといっており、「シガーレット、チェンジ」と申し入れると素直に応じた。煙草好きなSさんが洗濯をして煙草を受け取ったが、監視の兵隊と捕虜という関係であっても、公私の別がはっきりしていた。

兵舎内にサンドバッグが置かれていて、ボクシングの練習をしている姿がしばしば見られた。体格のよい兵隊がボクシングの真似をしてきたとき、Sさんが「ユー、ボクシング、ミー、ジャパニーズ、ジュードウ」といって身構えると、おどけながらホールドアップをしていた。

別の兵舎で火災が発生したとき、どの兵隊も何も持たずに避難をしていた。日本だったら危険をおかしながら荷物を運び出すところであり、このような光景が異様に思えてならなかった。その後、これに似たようなことを目にしたことがあったが、どんなに貴重な品物よりも、命の方が大事ということらしかった。

機械化部隊が本国に帰ることになったため、ここでの作業が一か月ほどで打ち切られてしまったが、多くの黒人の兵隊に接して貴重な体験をすることができた。ハイスクールを出たというのに、ジャパニーズのスペルを知らず疑問に思っていたが、体育専門学校であることがわかった。軍曹から、ときどきキャンディーなどをもらったが、「サージャント」と呼んでいたから、軍曹の名前は覚えなかった。

⑩　嘉手納収容所

屋嘉収容所に入って二か月ほどしたとき、病人はいち早く復員していった。ついで収容所を後にしたのが朝鮮部隊と将校部隊であり、おいおいと復員できることになり、うわさが現実のものになりつつあった。

アメリカ軍の輸送船のＬＳＴは、沖縄と本土との間を往復するのに半月ほどかかるといわれており、年末まで一か月半もあったから、全員がクリスマスまでには復員できるといううわさが実しやかに流れていた。

朝鮮部隊と将校部隊の復員が終了すると、下士官や兵の復員がはじまった。

「乗船者の名前を発表するから、本部前に集まるように」

このようなスピーカーが流されると、大勢の捕虜が広場に集まり、かたずをのみながら発表される名前に耳を傾けていた。名前を呼ばれた者は、よろこびを体いっぱいに現していたが、私の名前が呼ばれることはなく、つぎの番を待つことにした。

十二月に入ると、阿嘉島にいた仲間の何人もが乗船名簿に載せられた。作業に出かけていて同僚を見送ることはできなかったが、だれもが近いうちに帰れるものと思うようになり、収容所の生活にも張り合いが持ててきた。

乗船者名簿が発表されるたびに、大勢の捕虜が広場に集まったが、いつになっても私の名前は呼ばれることはなかった。クリスマスまでには帰れると思っていたが、日数からして年内の復員が絶望的になってしまった。

クリスマスには一日の特別休暇が出たが、元日は全員が作業を割り当てられていた。収容所長を通じて憲兵隊長に申し入れをしたが、アメリカにあっては特別な日ではないという理由で拒否され、元日から働かされるという敗者の悲哀を感じてしまった。

引きつづいて復員が実施されるものと思っていたところ、つぎの復員はいつになるかわからないという。いろいろのうわさが飛び交っていたから、信用することができず、巡視の将校に尋ねることにした。

通じるかどうかわからなかったが、「ホワット、ディ、ミー、ゴー、ホーム」というと、将校が「ホワイ」といった。ゼスチャーを交えながらゆっくりと話したが、何をしゃべったかさっぱりわからない。ふたたびゼスチャーを交えながら、「スピーク、スロー」というと、「ジャパニーズ、フード、リトル、ゴー、ホーム、アフター」とかみ砕くように話してくれた。

どうやら、日本の食糧事情が悪いから、復員が先になるということらしかったが、将校の話が間違いであってほしいと願うばかりであった。

正月に入ると、復員の話さえ出なくなってしまい、不満を抱きながら作業をつづけていると、突如、たくさんの捕虜が嘉手納収容所に移ることになった。

ここは屋嘉収容所の三分の一ほどの広さであったが、設備はかなり整っていた。DDTはふんだんに使用することができたし、簡易ベッドも備えつけられて、シャワールームもあれば、ローソクをともすこともできた。便所は米軍が使用しているものと同じ様式のものであり、両側に十数人が並んで利用できるため、雑誌の「LIFE」を眺めたり、雑談しながら用足しをすることができた。

ここでの食事はCレーションが主になっており、主食と副食が一対になっていた。これもアメリカ軍の野戦用のものであり、軽い主食にはビスケット、チョコレート、コーヒーや角砂糖などが入っており、重い方にはハムエッグ、スパゲティ、ミート・アンド・ベジタブルなどの種類があった。Kレーションより内容が豊富であり、ここの収容所では大きな缶でコーヒーが沸かされていて、ふんだんに飲むことができた。

屋嘉収容所には沖縄で戦った生き残りの捕虜が多かったのに、嘉手納収容所には宮古島からやってきた人が多かった。嘉手納にやってきてから、それほどの時間が経過していないらしく、軍隊の組織はいまだ機能していた。それだけでなく、

「おれたちは、天皇陛下がポツダム宣言を受託なさったから投降したのであり、軍規に反したわけじゃないんだ」

との意識の持ち主が多かった。そのため、屋嘉収容所から移った捕虜との間に考え方の違いがあり、それがトラブルの原因になったりしていた。

宮古島ではB29の空襲を受けたものの、地上の戦闘はまったくなかったという。同じ捕虜であっても経験を異にしていたが、この人たちの話を聞いているうちに、復員に希望を持つことができなくなってしまった。

収容所の隣には、東洋一といわれている嘉手納の飛行場があった。滑走路の長さが四キロメートル以上もあるといわれており、B29の巨体が収容所の真上を通過するたびにテントを揺るがせており、会話さえできにくい状態になっていた。

嘉手納収容所でも、決まった作業場へ出かけることになっていた。最初に割り当てられたのが黒人の輸送部隊であり、監視の黒人兵についていったところには、ツルハシとシャベルが用意されていた。このような作業には慣れていたため、手抜きをしながら、適当に作業をすすめながら日を過ごしていた。

いつものように作業をしていたとき、背後から何やら声をかけられた。振り向くと、そこに立っていたのは黒人の兵隊であり、大佐の階級章をつけていたので、連隊長であることがすぐにわかった。

目を合わせると、「キャン、ユー、スピーク、イングリッシュ」と問いかけてきた。いつものように、「スピーク、リトル」と答えると、何やらしゃべってきた。どのようなことを言っているかわからないため、「ワンスモアー、スロー」といった。

こんどは、ゼスチャーを交えながら、ゆっくりと話してきた。

どうやら、近いうちに満期除隊になって本国へ帰る、といっているらしかった。「本国へ帰ったら、どんな職業につくんですか」と尋ねようとしたが、適当な言葉が見つからない。やむなく「ゴー、ホーム、ホワット、ウォーク」といったが、正確に伝えられたかどうかわからない。すると、「ミー、ミリタリー、ゴーホーム、ノー、ワーク」との返事であった。どうやら、職業軍人だから、帰って職がないといっているらしかった。

「ゴー、ホーム、ホープ、ワーク」と尋ねると、何かをしゃべったが、さっぱりわからない。「ノー、アンダースタンド」というと、ゆっくりと、「ロード、ハウス、クリナー」といいながらゼスチャーで掃除をするしぐさをし、衛生業であると思った。

片言の英語だったから、どれほど正確に相手に伝えられ、どれほど正しく聞きとることができたかわからない。そんなことより、連隊長が一人で捕虜のところにやってきて、このような話をしたことにびっくりさせられた。

苛酷な労働ではなかったが、ツルハシとシャベルを使うだけの単調な作業がつづいていた。労働に応じた収入が得られるわけでもなく、復員の希望さえもぎ取られてしまったため、多くの捕虜が脱力感に陥《おちい》っていた。わざと手を休めて「ハーバー、ハーバー、レッツ、ゴー」の罵声が浴びせられ、それを無視する者さえ出るようになった。暴力をふるうことはなかったものの、ストレスの発散が意地悪な監視に向けられていたことは間違いなさそうだった。

あるときは、「ユー、カントリー」と尋ね、あるときは、「ユー、オキナワ、ウォー」と聞いたりした。マリーンの部隊以外では、沖縄で戦った人に巡り会うことはなかったが、ほとんどの兵隊が特攻機については知っていた。私が爆雷を積んだ「マルレ」の話をしたところ、「シーサイドボート、ノー、グッド」といわれてしまった。そのときにはどんな意味かよくわからなかったが、シーサイドというのが自殺ということがわかった。

同じ部隊へいって同じような作業に従事し、同じ兵隊に監視されているうちに、監視の人柄や作業のやり方もわかるようになった。監視の兵隊にいろいろの人がいれば、捕虜にもさまざまなタイプの人がいたが、言葉が通じないとあっては、信頼関係が生まれることはなかった。きのうまで監視をしていたジョンソン一等兵に代わって、同じ階級の白人兵が監視につくようになった。ジョンソン一等兵のことを尋ねようと思ったが、どのような言葉をかけたらよいかわからない。「ホワット、ユー、ネイム」と言葉をかけると、「マイ、ネイム、ジョージ」といった。

それをきっかけとして、「ジョンソン、ゴー、ホーム」と尋ねると、「ノー」と答えただけであり、理解できないのか、ゴーホームの否定なのかわからない。両手を左右に広げ、おどけるような動作をしながら「セイム、アゲン」というと、「ゴー、トウキョウ、バケーション」といったので、休暇で東京にいったことを理解することができた。

さらに話をつづけていると、休暇で過ごす先が上海とマニラと東京になっており、その中から選ぶことができるという。「ジョンソン、アーミー、クロス」いっており、満期になると自動的に勤務が解除になり、つぎの便で本国に帰ることができるという。

⑪ 盗みと身体検査

軍隊にあっても収容所にあっても、食べることと眠ることが楽しみになっていた。収容所の方が軍隊よりも居住環境はよかったが、Cレーションだけの食事に飽きるようになってきた。初めのうちは、盗みをすれば処罰されると思ったり、復員に影響すると思っていたから、盗みをする者は少なかった。

収容所の生活に慣れてくると、作業場からいろいろな材料を持ち帰って、女性の絵を描いたり、プラスチックやアルミなどで模型をつくる者が出るようになった。これらは帰還する将兵に「スーベニア」としてよろこばれるようになり、煙草やチョコレートなどと交換していた。模型をつくるための刃物も半ば公然と認められるようになり、これらを隠れみのにして、盗んだ品物が持ち込まれるようになった。

絵のなかでとくに人気があったのが「ゲイシャ・ガール」であり、まねをして描く者がでるようになった。白い布にペイントなどで描いたちゃちなものであっても、アメリカの兵隊には出来映《ば》えがよくわからないらしかった。模型には軍艦もあれば飛行機もあったが、もっともよろこばれていたのが本物そっくりのB29であった。あまりの立派さに驚かされてしまったが、大勢の捕虜のなかに、彫刻に長《た》けている人がいてもおかしいことではなかった。

Cレーションに入っている煙草は四本であったから、ヘビースモーカーには我慢ができなかったらしい。コーヒーだけは収容所でふんだんに飲むことができても、果物や生の野菜にありつくことはできない。多くの捕虜が欲求不満になっており、パイナップルなどの缶詰類を持ち帰るようになってしまった。

復員が絶望的になって捨て鉢になっていたから、盗みはますますエスカレートしてしまい、「戦果をあげてくる」といって、作業に出かける者さえ出るようになった。

日本の軍隊にあっては、兵器や衣服の手入れや補修、寝具などの整理整頓などにうるさく、収納箇所や収納方法などがきちんと決められていた。支給品である軍靴や帽子などの検査も頻繁に行われ、汚れているだけでも怒鳴られ、紛失すると処罰の対象になっていた。

このため、盗まれたときには盗み返せという、いわゆる「員数合わせ」が当たり前のようになっていた。捕虜にはこのような経験をしてきた者が少なくなく、アメリカ軍から盗んでくることなんか、朝飯前みたいなものであった。

アメリカ軍の炊事では、缶詰を開けるのに機械を使っていた。凹んだりつぶれたりしていると捨てられており、それが捕虜の付け目になっていた。監視の目にふれないようにわざとケースを壊《こわ》して中身を抜き取ったり、缶詰を踏みつぶすなどして持ち帰ったりしていた。

ペイントとパイナップルの缶詰は形も色も似ており、英語のわからない捕虜がペイントの缶を持ち帰り、開けてびっくりしたという笑い話みたいなこともあった。

戦果をあげることができるかどうか、それは作業をする場所によって大いに異なっていた。土木作業に従事しているときは不可能に近く、物品倉庫ともなると生活用品がたくさんあったが、それらはほとんどがケースに入っていたから盗むのが困難であった。だが、アメリカ軍の物品管理にはルーズな面があったし、計算を苦手にしていた兵隊が少なくなかったら、盗みもだんだんと大胆になっていった。

ついに、持ち込みが厳禁されていたビールやウイスキーまで持ち込まれるようになってしまった。MPで厳しい持ち物の検査をするようになると、さまざまな工夫をこらして持ち込むようになった。

憲兵隊長が交替になったのをきっかけに、MPの身体検査はさらに厳しくなり、トラックから下りると、そのままゲートに一列に整列させられた。インスペクション（検査）と声がかけられ、一人一人がポケットやズボンの折り目まで調べられ、帽子をぬいで両手を高く差し上げることになった。大勢が一度に検査を受けていたため、検査をすませた捕虜に、こっそりと手渡してくぐり抜けたりもした。

アルコール類と刃物だけでなく、一定量以上の煙草やチョコレートも没収されるようになった。ズボンの内側にポケットをつくって隠し、少ない煙草やチョコレートなどを差し出し、検査を免《まぬか》れた者さえいた。背中にポケットをつくったり、ひもをつけた袋をバンドにくくり着けて、ズボンの中に垂らすなどしていた。

どんなに厳しい検査をしても、盗みが後を絶たなかったため、憲兵隊では処罰の方針を打ち出した。

その一つは、「私は盗みをしました」という札をぶら下げ、ゲートの近くに置かれたドラム缶の上に立たされるというものであった。もう一つは、バリケードで囲われた狭いところに入れられ、朝から晩まで重いハンマーで、大きな石を砕くというものであった。

たとえドラム缶の上に立たされる処罰であっても、多くの捕虜が盗みをしている現状とあっては、あまり効《き》き目はなかったようだ。石を割る処罰にしても、共犯者みたいな者が多かったから、トイレにいったときに交替したりしていた。捕虜がアメリカ兵の見分けがしにくいように、MPも替え玉にまったく気がつかなかったようだ。

捕虜が作業先から戻ってくる時刻になると、MPが増員されて検査をするようになった。検査のやり方や個人差があることがわかってくると、検査をくぐり抜ける方法を考えるようになり、MPと捕虜の間で虚々実々の駆け引きが行われた。このようなことがいつまでもつづいた原因には、敗者の勝者に対する反抗が少なからずあったからであった。

アルコール類と刃物は危険物扱いにされており、持ち込みがもっともむずかしかった。見つかれば没収されたうえ、処罰されるのは明らかであった。それでも後を絶つことがなかったのは、捕虜の多くがアルコール類をほしがっていたし、検査をくぐり抜けることにスリルと快感を覚え、みんなに振る舞ってよろこばれたりするからであった。

たとえMPの検査をくぐり抜けても、ときたまテント内の抜き打ち検査が行われ、禁制品はすべて取り上げられてしまった。このようなことが予測されるようになると、新たにテントの中に隠し場所をつくっておくなどしており、ここでもMPと捕虜の知恵比べのようなことが起こっていた。

　検査が厳しくなると手間どるようになり、ゲートの前が捕虜であふれるようになってしまった。スピードがあげられると、禁制品が隠して持ち込まれるようになり、いたちごっこみたいなことがしばらくつづいた。ひそかに持ち込むことと、検査の根比べみたいになってしまったが、ついにMPが根負けしてしまった。

　このようなことを苦々しく思っていたのはMPだけでなく、アメリカ軍の将兵のなかにもいた。捕虜のなかからも、盗みを非難する声が聞かれていたが、「戦果をあげてきた」と自慢されていたから、注意できるような状況ではなかった。

　巡視にやってきた白人の少尉は、

「日本の捕虜はサボタージュもすれば盗みもするが、ドイツの捕虜は働きもしなければ盗みもしないよ」

　といっていた。

　ドイツも日本の捕虜も、働かないことでは共通していたかもしれないが、盗みについては大いに違いがあったようだ。「旅の恥はかき捨て」という言葉があるように、捕虜は典型的な生き方をしていたといえなくもない。ましてや戦争に負けた悔しさを引きずっていたり、復員の希望さえ抱くことができなかったからなおさらであった。

屋嘉収容所でも、ラジオを聞くこともできなければ、新聞を読むこともできなかった。

収容所長がMPに交渉したものか、アメリカ軍の好意によるものかわからないが、ある日、広場にラジオが取りつけられた。拡声器から音が流れてくると、みんなが広場に集まって耳を傾けるようになり、懐かしい歌に涙ぐむ者さえいた。新聞が広場に掲示されるようになると、あっちこっちから集まってきて、じっと見入る姿が見られた。

国内事情については、アメリカの将兵から聞かされたり、うわさを耳にしただけであったが、ラジオを聞いたり、新聞を読んでいるうちにだんだんとわかってきた。将校が話していたように、国内の食糧事情が悪いために復員が延期されていることも理解できるようになった。

嘉手納収容所では、宮古島からやってきた捕虜が多かった。いまだ組織が作用していたらしく、賭博をする姿はあまり見られなかった。俳句や短歌や英会話などのクラブが誕生しており、英会話の勉強をしようと思ったが、初級はやさしすぎたし、上級はむずかしすぎたし、仲間もいなかったために入会を取り止めてしまった。

⑫ 娯楽とスポーツ

囲碁をやりたいと思っていたが、碁盤も碁石もなかった。そこで考えついたのが、作業先からダンボールを持ち帰って線をひいて碁盤をつくり、ペイントで白と黒に塗って丸く切って碁石の大きさにすることだった。ダンボールやペイントは容易に持ち込むことができたが、鋏《はさみ》がなかったために碁石をつくるのに苦労させられた。

囲碁をはじめる用意ができたため、阿嘉島にいた仲間に教えていると、愛好者が集まるようになったが、風のいたずらによって碁石が吹き飛ばされることがしばしばあった。

代わりの碁石を見つけることにし、今度はベニヤ板で碁盤をつくり、碁石の代用品としてカマボコ兵舎に使われていたパッキンを利用することにした。真ん中に釘を通す穴が開いていたものの、表が銀色の金属になっていて、裏には黒色のレーザーが張ってあったから具合がよかった。

囲碁の愛好者が多くなると、いくつもの碁盤や碁石がつくられるようになり、あっちこっちではじめられた。碁盤の数が増えてくると対戦相手も多くなり、作業から帰ってくると碁を打つ風景が随所に見られるようになった。

どちらが強いかわからなくても、囲碁を打っているうちに実力の程度がわかるようになったし、たとえ実力の差があっても、ハンディをつけると対等に戦うことができた。教えたり教えられたりしているうちに、さまざまな相手と打てるようになり、身の上話をすることができるようになった。

三十歳ぐらいの囲碁友達は、戦闘のことについて、

「本島での実質的な戦いが終わったのは六月二十三日とされていますが、私は逃げていたから、

牛島司令官が自決したことさえ知らなかったんです。みんながアメリカ軍の攻撃に耐えられなくなり、ずるずると後退しているうちに本隊と離れ離れになってしまい、しまいには他の部隊や海軍の兵隊と行動をともにしていたんです。海軍と陸軍では階級が違いますが、みんなで逃げているうちに、食べ物の調達のうまくて元気のある者が指揮官みたいな役割をするようになったのです。囲碁はハンディをつければ五分に戦うことができますが、ハンディを付けることができなかったアメリカ軍との戦いは、大人と子どもの喧嘩《けんか》のような気がしてなりませんね」

と話してくれた。

いままで、このような話はだれからも聞かされていなかったため、戦争とはこんなものかもしれないと思った。

たとえ規律を求められている軍隊であっても、極限状態になると、階級はなんの役にもたたなくなり、実力がものをいうことらしかった。

戦争に負けたのは作戦の失敗だったという捕虜もいたが、アメリカ軍と日本軍の戦力の違いはあまりにも大きかった。囲碁のようにハンディがつけられればともかく、まともに戦ったのでは勝ち味がないことは明らかであった。

鹿児島から特攻機で飛び立ち、沖縄で不時着をして捕虜になった飛行兵もいた。くわしい話をしたがらなかったが、燃料には甜菜《てんさい》や馬鈴薯などが使われ、片道の燃料しか与えられなかったという。

船舶特攻にしても特攻機にしても、人間がロボットのように扱われており、アメリカの兵隊から「シーサイド」と恐れられたり、軽蔑されていることもわかった。

囲碁に刺激されたらしく、マージャンをする人の姿が見られるようになった。これだって盤も牌《パイ》も段ボールでつくられており、四人が取り囲んで「ロン」とか「ツモ」といっていた。おもしろそうなので眺めていたが、牌の種類がたくさんあってルールがわかりにくく、四人が揃わないと始めることができないことがわかった。初心者とあってはすぐに仲間入りというわけにいかず、人員が揃わないときに教えてもらうことにした。

牌には、「ワンズ」と「ピンズ」と「ソウズ」のほかに風牌と三元牌があった。その組み合わせのいかんによって点数に違いがあり、だんだんとやり方がわかってきた。持ち点が二千点であり、安上がりが八十点となっていたが、現在のように「ドラ」があったかどうか記憶にはない。

最初に東西南北の牌によって場所が決められ、親が決まると、各人に十三枚の牌が配られ、順次、場にあった牌を拾ってきては組み合わせていった。もう一枚で上がれるときに「テンパイ」と声をかけ、間違ってしまうと「チョンボした」といわれたが、みんなが遊び心でやっていたから、ご愛嬌みたいなものであった。

囲碁はじっくり考えることができたが、マージャンはスピードを求められており、それぞれの勝負の楽しみ方を知ることができた。

どこで手に入れたのかわからないが、キャッチボールの光景があっちこっちで見られるようになった。

グローブを借りて空地でキャッチボールをしていたとき、ボールが柵を越えて草むらまで飛んでいってしまった。中断を余儀なくされて柵のところに立っていると、巡視のジープが見えたので指笛を鳴らしたり、手を振ったりして止めた。下りてきたのは少尉であり、指さしながら「ボール、ボール」というと、草むらをかき分けながら探して、ボールを柵越へに放り投げてくれた。

私が「サンキュー」といったところ、そばにいた捕虜が、

「アメリカには計算ができない兵隊がたくさんいるし、捕虜の球拾いまでする馬鹿《ばか》な将校がいたのにびっくりしたよ。こんなやつらに負けたと思うと、悔しくって仕方がないよ」

といった。

私だってこのように考えた時期もあったが、このごろでは、このように軽蔑する者こそ軽蔑に値するのではないか、と思えるようになった。

キャッチボールがさかんになると、各大隊にチームが誕生し、休みの日に広場で対抗試合が行われるようになった。熱心な応援風景が見られたりしたが、チームの中にはすば抜けてうまい人もいれば、習い立てと思われる人もいた。捕虜になる以前から野球をやっていた人と、捕虜になってから始めた人の違いは明らかであった。

ボールが柵から出てしまうと、通りがかった巡視の兵隊に拾ってもらっていたが、いつしか

このようなことが当たり前のようになっていた。

アメリカ軍の将校が捕虜の球拾いをするなんて、捕虜になる以前は想像することさえできなかった。たびたびボール拾いをさせられた巡視の将校が、どのように考えているかわからないが、捕虜を一人の人間と見ていたことは間違いないようだ。

俳句や短歌をつくったり、英会話を勉強するなど、文化活動に心がけている捕虜も多くなってきた。

俳句や短歌などの同好会の作品が、ときたま掲示板に張り出されていた。そのときノートに写したものがあり、その中のいくつかの作品を紹介することにする。

砂浜に佇《たたず》む乙女の哀れなる　戦火の跡の家を訪ねて
月影も淡く照せり砂浜の　鉄の柵をば我は悲しむ
亡き戦友の遺骨遺品はさらになく　せめて土地なり持ちて帰らん
生き抜かん強く雄々しく生き抜かん　死線を越えにし我等なりせば
鉄量に裂けて飛び散る肉と血に　染《し》みにし島に秋は来にけり

ラジオを聞くことができるようになったり、新聞を読むことができるようにもなった。英会話や俳句などのサークルが生まれ、スポーツをすることもできるようになったが、だれもの頭にあったのは、復員がいつになるか、ということであった。

戦争が終わったとき、「捕虜になれば、強制労働をさせられたあげく虐殺される」と本気で考えていた。座間味の収容所でアメリカの将兵に接しているうちに、「鬼畜米英」と教えられていたことに疑問を抱くようになったが、敵愾心《てきがいしん》を払拭することはできなかった。「PW」のマークをつけて軍事基地構築の作業に従事させられたときも、サボタージュなどの抵抗をしてきたが、たくさんの将兵に接しているうちに、さまざまな人がいることがわかるようになった。

⑬ 監視兵と捕虜

各部隊に作業に出かけたときには、捕虜から選ばれた通訳がいたから、その段階では出番がなかった。ところが、数人のグループに分かれると英語を話せる者がいなくなり、片言の英語を使って通訳の役目をすることもあったが、それにも限界があった。

初めのうちは毎日のように作業場が違っていたし、作業の内容も監視の兵隊も変わっていたから、言葉を覚えることができなかった。どこへいっても共通していたのは、手を休めると、「ハーバー、ハーバー、レッツ、ゴー」といわれたことだったが、これだって正確な意味はわからない。

ゼスチャーを交えながら説明を受け、作業場を転々しているうちに、簡単な言葉が覚えられるようになった。わかったときには、「アンダースタンド」といい、「キャン、ユー、スピーク、イングリッシュ」と聞かれると、「スピーク、リトル」と返事ができるようになったが、日本語を覚えようとするアメリカの兵隊は皆無のようだった。

私が使うことができたのは、片言の英語であった。たとえ大きな間違いがあったとしても恥ずかしいことではなく、言葉が通じなければそれでよかった。間違った発音をして理解されなくても差し支えなかったから、いつでも気楽にしゃべることができた。狭いという英語がわからないと、手を大きく広げて「ワイド」といい、手を狭めて「ホワイ」と聞いた。「ナロウ」という答えがあると、勝手に狭いと理解し、間違ったことがわかると訂正していった。

このように言葉の数を覚えていったため、片言の英語であっても通じるようになり、だんだんとアメリカ人の考えが理解できるようになった。

黒人と白人の違いは一目でわかったけれど、白人にも黒人にもさまざまな人種のあることがわかってきた。黒人と白人との混血がいるかと思うと、目の色や髪の毛が異なっていたり、日本人のような黄色人種もいた。

アメリカには奴隷制度があったり、奴隷廃止運動があったり、南北戦争が行われたりしたことを歴史で学んだことがあった。これらのことが影響しているどうかわからないが、軍隊にあっては、白人と黒人の間に少なからず差別があったようだ。聞いたところによると、黒人の軍人は大佐止まりだというし、白人兵と黒人兵は食堂でも同席しないことがあるという。

それが事実であるかどうかはともかく、白人と黒人の間がしっくりしていない場面を何度も見せつけられた。黒人の兵隊のなかには、白人兵に悪感情を抱いている者もおり、自分の肌を見せながら「ユー、セイム」と捕虜に話しかけてくる兵隊もいた。

部隊内でごみ拾いをしている光景を見たことがあった。ごみを拾っていたのは白人の将校のみであり、黒人の兵隊はぶらぶらしながらついているだけであった。日本の軍隊にあっては、将校はごみ拾いを命ずることがあっても、自ら拾うことなんか毛頭考えられないことであった。このことを監視の兵隊に尋ねると、「将校は兵隊よりも高給をとっているんだよ」との返事であった。

作業の手順がわからなくなり、将校の指図をあおぐことになった。日本の軍隊であれば、将校のところへ出かけていって挙手の敬礼をし、「これは、どのようにしたらよいでありますか」とうかがいをたてたりするが、監視の兵隊は指笛を鳴らし、「ヘイ、ジョー」などと言って呼びつけていた。捕虜の監視をしなければならない兵隊にあっては、このようにするのがもっとも合理的と考えたのかもしれない。

二人の兵隊が、激しい喧嘩をしているのを見たこともあった。腹を立てた一方の兵隊が自分の帽子を脱いで地面にたたきつけ、それを踏みつけながら、「ガッテン」とか「ファック、ユー」などと怒鳴っていた。どんなに激しく怒鳴っても決して手を出すことがなく、一方がホールドアップすると喧嘩は終了してしまい、喧嘩のあり方を知ることができた。

監視の兵隊に、「どうして喧嘩をした者同士が、すぐに握手することができるんかね」と尋ねた。すると逆に、「どうして日本の兵隊は、戦争に負けてもホールドアップしないんだね。ベースボールは九回の裏が終わって勝敗がつけば、それでゲームは終了するんだよ。それなのに日本の軍隊は、勝敗がはっきりしてからも、十回の表の挑戦をしてくるようなものではないか。何事につけても、いつまでも争っているより仲よくした方がいいのじゃないかね」と反論されてしまった。

戦争とスポーツはまったく異質なものと思っていたのに、このような話を聞かされてびっくりしてしまった。驚いたのはこれだけではなく、白人の将校から、「トウジョウを戦争裁判にかけているけれど、広島や長崎に原子爆弾を落とした責任者だって、法廷で裁くべきではないか」と聞かされたことだった。

捕虜が監視の兵隊に煙草をねだる姿はしばしば見られたが、きょうは逆に、監視の兵隊にねだられた。煙草を吸っていた捕虜が、「ギブ、ミー、シガレット」と話しかけられてきたとき、みんなで相談し、「休憩と交換条件にしたらどうか」ということになった。

どのように話したらよいかわからず、とりあえず煙草を上げ、「ウィー、ピーダブル、レスト、リトル」といった。それが通じなかったらしく、今度はゼスチャーを交えながら、「ウォント、テイク、レスト」というと、ようやく理解できたらしかった。

煙草を口にくわえていた監視の兵隊は、しぶしぶと要求を認めたため、監視の兵隊が巡視の将校の見張りをするという珍現象が生まれた。

逃走すれば射殺される恐れがあったが、それでも逃走する捕虜がいたらしかった。責任を問われた監視の兵隊はそのまま勤務をつづけることができても、一定の期間、階級と給料が下げられるという処分を受けるという。

これも黒人部隊の出来事であったが、いつものように絵や模型と交換したり、盗んだ煙草や缶詰などを持ち帰ったりしていた。ところがある日、人員点呼を受けるために五列に並んでいると、白人の将校によって一列に並び直された。

人員の点呼が終わると、持ち物の検査になったが、それはMPの所持品の検査よりも厳しいものであり、すべての持ち物が取り上げられてしまった。このようなことは他の部隊でも行われていたから驚くことではなかったが、つぎに思いがけないような出来事が発生した。

白人の将校によって取り上げた煙草やチョコレートなどが、傍《かたわ》らにいた黒人の兵隊に手渡された。抱え切れなくなったために他の兵隊に手渡されると、その兵隊が検査をすませてトラックに乗った捕虜に、つぎつぎに手渡したのである。

白人の将校のやり方に反抗したのか、捕虜に同情したのかわからないが、将校が気がついたときには発車してしまい、身体検査は空振りに終わってしまった。翌日、監視の兵隊は何事もなかったように勤務についており、なんとなくホッとさせられた。

監視の兵隊によって捕虜の取り扱いが異なっているが、毎日のように行動をともにしているうちに信頼関係が生まれたりした。作業に出かけていって首里の近くを通ったとき、本島で戦った捕虜から相談を持ちかけられた。

「この近くでおれの戦友が戦死しているんだけれど、お参りしていきたいと思うんだが、なんとかしてもらえないか」

そんな気持ちが痛いほどわかったので、監視の兵隊に頼んでみることにしたが、どのように伝えたらよいかわからない。車はどんどん進んでいくため、とりあえず止めてもらうことにし、「ヘイ、ストップ」というと、運転手が怪訝《けげん》な表情をしながら車を止めた。戦友が眠っているという方向を指さしながら、「マイフレンド、ウォー、デッド」というと、首をかしげたため、「マイ、フレンド、スリープ」といいながら胸の前で十字を切ると、理解できたらしかった。

仲間に案内してもらって現場にいったが、付近の様子が大きく変わっていたために場所を特定することができない。野の花のあるところで合掌すると、監視の兵隊も神妙な表情をしながら十字を切っていた。捕虜は戦友のお参りをしてから、「ダイナマイト十本を束ねた急造の爆雷を渡され、この付近のタコツボに隠れ、敵の戦車が近づいたときに投げつけて破壊される任務を与えられていたが、戦車がやってこなかったので助かったのです」と話してくれた。

七月といえば海水浴のシーズンであり、作業をしながらあっちこっちを巡り、嘉手納近くの海岸にいった。制服を着た男女が堂々とキスしているシーンが見えたとき、監視の兵隊はキスするゼスチャーをしながら、「セックス、ガール」と投げ捨てるようにいった。日本の軍隊には従軍慰安婦という制度があったが、アメリカ軍がどのようにしているかわからなかった。

トラックで那覇の港までビールを受け取りにいくことになったとき、仲間の一人から一つの提案があった。

「きょうは暑いからビールでも飲みたいもんだ。収容所の監視だって、見張りをしながら飲んでいるし、監視の兵隊に飲ませて、われわれも飲むことにしたらどうかね」

するといい、別の仲間が具体的な話をはじめた。

「アメリカの兵隊はビールをお茶代わりに飲んでいるし、荷揚げだって捕虜がしているんだから、なんとかなるんじゃないか。深沢君は英語がしゃべれるんだから、監視の兵隊に交渉してくれないか」

グループの中では私がもっとも若かったし、みんなの話に水をさすこともできず、仕方なく引き受けることにした。気乗りしなかったものだから、よい知恵も浮かばず、どのように話しかけたらよいかもわからない。

「盗むとか、ごまかすという英語がわからないんです。那覇の港につくまでになんとかすることにします」

このようなことが監視の兵隊の前で公然と話し合われていたが、いつまでも黙っているわけにはいかなかった。

「ユー、ライク、ビール」

いきなり、こんな言葉をかけたものだからびっくりしたらしかったが、すぐに「アイ、ライク、ビール」という返事があった。盗みが「スチール」であることを思い出すことができたが、どうしてもストレートに話すことができず、ごまかすという言葉がわからなかったから、交渉することもできなかった。

いつしか、車は那覇の港に着いてしまった。盗みの提案をした捕虜だって、うまくいけばもうけものぐらいに思っていたから、交渉が不成立になったからといってがっかりしていたわけではない。

那覇の港にやってきたのはしばらくぶりであり、波の上神社の鳥居を見ることはできたが、周辺は大きく様変わりしていた。ここでもたくさんの捕虜が築港工事などに従事しており、倉庫の前で止まると、白人の兵隊に監視されていた数人の捕虜がやってきた。

「あまりにも暑いのでビールを飲みたいんだけれど、なんとかならないかね」

盗みの提案をした捕虜が、その人たちに声をかけた。

「ここにいる兵隊は、みんな計算を苦手にしているんだよ。おれたちに任されているんだから、なんとかしてやるよ」

ビールの箱がトラックに積まれるとき、監視の兵隊は数えようとせず、われわれに任せたままであった。数に間違いないことを報告すると、トラックは発車したが、積み荷の上に乗っていたのは、自動小銃を持った監視の兵隊と四人の捕虜だけであった。

「これからどうするかが問題だな。一箱余分に積まれているんだから、なんとかなるんじゃないか」

仲間の一人がそのように言い出したので、私は監視の前でふたたび数の確認をし、「ワンハンドレッドホーティ、プラス、ワン」といった。

トラックに一箱余分に積まれていることを説明してから、仲間が箱をこじ開けてビールを取り出し、監視の兵隊に差し出した。どうするか様子を見ていると、なんの抵抗もなく口にしたため、捕虜もつぎつぎに箱からビールを取り出して口にした。

私は酒も飲まなければ、煙草も吸わなかったから、できることならこのようなことに関わりたくはなかった。だが、断わることができるような雰囲気ではなく、否応なしに組み込まれていやいやながらビールを口にした。

⑭ 航空隊と司令官

嘉手納収容所は飛行場に隣接しており、B29が発着するたびに騒音に悩まされていた。飛行場内の様子はわからなかったが、きょうから航空隊で作業をすることになった。

広い飛行場はバリケードに囲われており、滑走路の長さは四キロメートル以上もあり、東洋一だといわれている。大小いくつもの飛行機が駐機していたが、すぐに目に飛び込んできたのがボーイングB29の巨体と双胴のロッキードP38であった。

最初の作業は、B29から取り外されたタイヤを整備工場まで移動させることであった。背たけほどの大きさのうえにかなりの重量があったから、二人がかりで転がすのも困難であった。いったん倒れてしまうと起こすのがむずかしく、倒れそうになるのをこらえながら転がしていた。B29の重量がどのくらいあるかわからなかったが、幅は四十メートル以上、胴体だって三十メートルぐらいはあった。

B29は昭和十九年から量産体制に入り、一万メートルもの高度を飛ぶことができるため、日本軍の高射砲も届かないし、戦闘機も飛び上がることができない距離だといわれていた。たくさんの爆弾と燃料を積み込んで長距離の航行が可能になり、本土の爆撃に利用されるようになったため、「空の要塞」と呼ばれるようになったという。

昼休みのときに、アメリカ軍の宣撫班員だという若い少尉が見え、流暢な日本語で話しかけてきたので、びっくりしてしまった。いままで二世の通訳と話をしたことはあったが、きょうは片言の英語を使う必要がなかった。

日本語が達者なので興味をいだき、いくつかの質問をすることにした。

「日本語がうまいけれど、どこで習ったんですか」

「戦争がはじまると、日本では英語を敵国語として排斥したようですが、アメリカでは日本語学校を設立して日本のことを研究したんです。軍隊の経験はなかったんですが、卒業すると少尉になって宣撫班に配属され、軍隊とともに行動してきたわけです。沖縄にくるまでに何人もの日本兵を捕虜にしており、その人たちから日本軍の配備状況など聞き出し、それらを作戦に役立てていたわけです。日本軍でもそのようにしていたと思いますが、戦争に勝つためにはそうせざるを得ないのです」

「日本では『鬼畜米英』と教えており、捕虜になれば殺されるものと思っていましたが、それが誤りであったことがわかりました」

「アメリカと日本では、教育の仕方が大いに違っています。日本では、子どもを叱るときに『何々をしてはいけませんよ』という言い方をするけれど、アメリカでは、『お母さんだったら、そのようなやり方はしませんよ』という言い方をするんですよ。日本では、『代議士になったから偉いとか、校長先生になったから偉い』という言い方をするけれど、アメリカでは、立派な人でないと、政治家にも先生にもなることができないんです。実力がありさえすれば、一般の社員だって、課長にも社長にもなることができるんですよ」

このような話を聞かされたとき、日本人以上に日本のことを知っており、アメリカ人と日本人の考え方に大きな違いのあることがわかった。アメリカでは自主性を育てることに重点がおかれるのに、日本では形式が重視されているような気がしてきた。

どんな戦争でも勝たなければならないが、日本の軍隊にあっては人命が軽視されていた。負傷したり病気になったりすると、戦闘能力がなくなったとみなされ、自殺を申し出たり、置き去りにされることがあるという。

ところがアメリカ軍にあっては、B29にも救命具が取りつけられており、不時着したときにも救急態勢が取られているという。日本の兵隊は勇敢であって、アメリカ兵は臆病だと教えられてきたが、命を大事にしない特攻隊がより勇敢に見えたのかもしれない。

この将校は、日本では英語を排斥していたのに、英語を話せる捕虜が多いのに驚かされたといっていた。この将校の考えからすると、言葉を知ったから相手が理解できるというものではなく、相手の立場に立って物を考えることが大切だ、ということになりそうだ。「彼を知り己を知れば百戦殆《あう》からず」というのが孫子にあるが、日本はあまりにもアメリカのことを知らなかったのではないか。

いつものように航空隊にいくと、四人だけジープに乗せられ、小高い丘にあった宿舎に連れていかれた。部屋から出てきたのは三つ星をつけていた中将であり、すぐに空軍司令官の官舎であることがわかった。以前、黒人の連隊長から話しかけられたことがあったから、このことでびっくりすることはなかった。監視の兵隊と司令官が何やら話し合っていたが、そこには階級の違いは見られず、日本の軍隊とは大違いであった。

司令官が何やら語りかけてきたがわからないため、「ノー、アンダースタンド」というと、「キャン、ユー、スピーク、イングリッシュ」と聞いてきた。「スピーク、リトル」と返事をすると、何やらいいながら庭にあった芝刈り機のところへ連れていき、ゼスチャーを交えながら操作の説明をはじめた。「アンダースタンド」といって芝刈りをはじめると、司令官は自ら高級車を運転して出かけていった。

芝刈り機を見たのは初めてであったが、操作はそれほどむずかしいものではなかった。仕事の段取りについては、あらかじめ司令官と打ち合わせがしてあったらしく、自動小銃を肩にした監視の兵隊の指示によって作業を進めていった。

昼休みに携帯していったCレーションを食べていたとき、メードさんがコーヒーを入れてくれたが、沖縄の若い女性を目の前にしたのは二十か月ぶりであり、言葉を交わすときに異常なほど緊張してしまった。

夕方、司令官が戻ってきたときには芝生の芝刈りは大方終了しており、つぎの日のことが気になっていた。こちらから尋ねることができずにいると、「トマロー、トイレ」といったが、つぎの言葉は理解することができなかった。

翌日、ふたたび同じメンバーで司令官の官舎にいき、未完成の芝刈りとトイレの修理を行うことになった。司令官がゼスチャーを交えながら説明してくれたが、すべてを理解することができず、メードさんが見えたので、通訳を頼むことにした。

メードさんは六か月間も手伝っているといっており、手真似をしながら、司令官に何やら問いかけていた。司令官が起居していると思われる部屋を通り抜けてトイレにいき、司令官の話を聞いてメードさんに通訳をしてもらった。

沖縄の女性のなかには、日本軍にひどい仕打ちをされ、反感を抱いている者がいるとの話を聞かされていた。メードさんが日本の捕虜にどのような感情を抱いているか気になっていたが、話をしているうちに好感を抱くことができた。メードさんも久しぶりに日本語を話したといっており、お互いに自己紹介をしたが、いまも忘れることのできない存在になっている。

宿舎の内外の作業をすすめているうちに、司令官夫妻の生活の一端をかいま見ることができた。びっくりしたのは、司令官の寝室よりも奥さんの寝室のほうが立派であり、日本のように男尊女卑でないことがわかった。

庭にあった高級な乗用車を物珍しそうに眺めていると、司令官が車に乗ってもいいというゼスチャーをした。発進することはなかったものの、スプリングが柔らかく、高級車を思わせる乗り心地であったが、労働に対するサービスだったのかもしれない。

監視の兵隊の話によると、米軍では一定以上の階級になると、当番兵を頼むことができるという。その点は日本軍との違いがないとしても、依頼した将校が当番兵の給料を支払わなければならず、当番兵はその分を差し引かれるシステムになっているという。

日本軍の将校にあっては、当番兵に個人的な用事を言いつけても、報酬はまったく支払っていなかったが、アメリカの軍隊にあっては、監視の兵隊が捕虜に私的な用事を言いつけたとすれば、そのことだけでも人権問題になりかねず、アメリカと日本とでは人権に対する考え方にも大きな違いのあることを知った。

⑮ 復員

作業からもどってくると、十月から復員が再開されることを知らされた。何度もうわさに振り回されていたから、すぐには信ずることができなかったが、数日したときに通訳が名簿をたずさえてやってきた。

「これから名前を読み上げますから、このものは復員の準備をしてください」

待ちに待った復員が実現することがわかったが、このときも私の名前は呼ばれなかった。このようなことが何度かくり返されているうちに、ついに私の名前が呼ばれたのである。なんともいえぬ嬉《うれ》しさがこみ上げてきたが、気がかりだったのは、PWのマークの入った衣服のほかに持ち合わせがないことだった。

乗船の予定日が明らかになったため、準備の都合で首里近くのライカム収容所に移ることになった。輸送車に乗せられて嘉手納収容所を後にしたとき、ようやく復員できることの実感を味わうことができた。見納めになるかもしれないと思いながら、作業で通った風景を眺めているとき、遠くにかすんでいた慶良間列島が目に入った。

ライカム収容所に着くと、全員が素っ裸にされて一列に並ばされ、軍医の身体検査を受けたが、それは聴診器を当てるだけでなく、陰部や肛門まで調べられ、検査をパスすると復員の手続きがとられた。どのようにして調べたのかわからなかったが、労働日数などが書き込まれたメモとともに小切手が渡され、食費などが差し引かれて二百円余になっていた。

収容所には復員する人たちの世話をする捕虜がおり、散髪をしてくれたり、食堂を開いたりしていた。クリーニングにしても散髪にしても食堂にしても、軍隊に入る前にはそれらの職業に携わっていた人たちであり、みんなが親切であった。ここの食堂の献立には天丼やランチやうどんなどがあり、久しぶりに日本食にありつき、復員する捕虜を大いによろこばせていた。

気がかりだったPWの作業服も日本の軍服と取り替えられ、晴れて復員ができることになった。輸送船のLSTがやってくるまで間があったため、アメリカの映画やニュースを見せてもらったり、雑誌の写真に目をやったりしていた。沖縄の戦闘のニュースを見ることはできなかったが、東京などの都市に雨あられのように爆弾が投下され、一面が焼け野が原になっている無残な光景を見せつけられ、新たに戦争の悲惨さを思い出してしまった。

二世の通訳に名前を呼ばれると、つぎつぎに輸送車に乗せられ、LSTが待っている与那原港に向かった。輸送車から下りて、飲み込まれるように船に乗り込んだとき、復員のよろこびをかみしめることができた。

与那原の港を出航したのは、昭和二十一年十一月三日であり、奇しくも二年前に鹿児島湾を出航したのと同じ日であった。船が沖縄を離れるとき、太陽が海のかなたに消えるところであり、美しい夕焼けを見ながら、後ろ髪を引かれる思いにさせられた。

LSTが九州近くに差しかかったとき台風に見舞われ、宮崎県の沖に待機せざるを得なかった。名古屋港に着いたのが私の二十一歳の誕生日であり、検疫を終えて小切手を現金に替えて二百余円を受け取った。これだけの金があれば数か月は生活できるものと思っていたが、おみやげを買うために駅裏の闇市にいったとき、一個のたばこが五十円で売られており、もろくも夢が破れてしまった。前途にどんなことが待ち受けているかわからなかったが、どんな苦難も乗り切るだけの心構えはすでにできていた。

〔年　譜〕

昭和・六・　九・一八　満洲事変
七・　四　京ヶ島小学校入校
八・　三・二七　日本、国際連盟脱退
一一・　二・二六　二・二六事件
一二・　七・　七　日華事変〜支那事変が発生
一二・一三　日本軍、首都の南京占領
昭和一三・　四・　一　「国家総動員法」公布
四　高崎商業学校入校
九・二七　日独伊三国軍事同盟
昭和一六・一〇・　七　東条内閣発足
一二・　八　日本軍、真珠湾を奇襲攻撃
一二・一〇　グアム島を占領
昭和一七・　一・　二　日本軍、マニラを占領
八・　七　米軍、ガダルカナル島に上陸
一二　竹槍訓練始まる
一二・二七　高崎商業学校繰り上げ卒業
一八・　一　日本特殊鋼株式会社入社
二・二八　日本軍、ガダルカナル島より撤退
一一　船舶特別幹部候補生制度創設
一二・一四　陸軍現役下士官補充および服役臨時特例の勅令
一二・二四　徴兵適齢十九歳に引き下げを発表
昭和一九・　二　特別幹部候補生採用検査実施
三・二一　山本五十六大将戦死
三・二二　南西諸島に沖縄守備の第三十二軍新設
四・一〇　陸軍船舶特別幹部候補生

四　　　　第一期生入隊
四・下旬　陸軍海上艇身隊発足
六・一六　「マルレ」採用決定
　　　　　米空軍B29が初めて本土を空爆
六・二七　「マルレ」試作開始
六・下旬　船舶特別幹部候補生隊、小豆島に移る
七・七　　サイパン全滅
七・八　　長勇少将、参謀長就任
八・三　　小豆島で海上艇身隊仮編成始まる
　　　　　テニアン全滅
八・八　　牛島中将が着任
八・一〇　グアム島全滅
八・中旬　「マルレ」の夜間訓練開始
八・一九　第六十二師団が沖縄に到着
八・二二　学童疎開船対馬丸、米軍潜水艦に撃沈される
八・二五　船舶特別幹部候補生隊第一期卒業式
九・一　　海上艇身隊第一～第四戦隊編成
一〇・三　米軍、沖縄攻略を決定
一〇・一〇　那覇大空襲
一〇・一八　日本全国満十七歳以上の男子を兵役に編入
一〇・二〇　台湾沖航空戦
一〇・二四　レイテ沖海戦
一一・一　B29偵察のために初めて東京に現れる
一一・三　輸送船馬来丸、鹿児島湾出航
一一・二〇　「マルレ」の爆雷投下訓練
一一・二五　第九師団（武部隊）に台

昭和二〇・一・三　湾転出を命ず
一・三　米艦載機、沖縄の各地を空襲
一・一二　十九戦隊の一部がフィリピンで出撃
一・一二　船舶特別幹部候補生第二期終了式
一・二二　米軍機、阿嘉港の船に攻撃を加える
一・三〇　島田知事赴任
二・一　船舶特別幹部候補生第三期入隊
二・一五　第三十二軍、戦闘指針を県下軍官民に通達。「一機一艦船、一艇一船、一人十殺一戦車」
二・一六　阿嘉島の基地隊の本隊が本島に移動
朝鮮人の七人の慰安婦、阿嘉島から本島へ
二・一八　朝鮮人の軍夫が阿嘉島に（約百五十人）
二・一九　米軍、硫黄島に上陸。沖縄県下に鉄血勤皇隊の編成始まる
二・二三～二四　米艦載機が沖縄を空爆
三・一　米軍艦載機、沖縄を空襲 座間味も空襲
三・二〇　大本営、沖縄作戦に重点をおく
三・二三～二五　阿嘉島、艦載機の空襲、米大艦隊現れる
三・二五　阿嘉島、艦砲射撃を受ける
三・二六　米軍・慶留間島、阿嘉島、座間味島に上陸
三・二六　阿嘉島、第一回斬り込み。

座間味島・慶留間で集団自決

三・二七　阿嘉島、第二回斬り込み。大雨

三・二八　第二戦隊（慶留間島）一部出撃

四・　六　第一次航空総攻撃　十日までに特攻機二百三十機が出撃

四・　七　戦艦大和、沖縄に向かう。途中、徳之島沖で撃沈される

四・　九　米軍、嘉手納飛行場使用開始

四・一二　第二次航空総攻撃　日本軍、菊水作戦を発動、熾烈な特攻攻撃

五・四〜五　日本軍の総攻撃失敗

六・二二　阿嘉島で休戦協定締結

六・二三　牛島中将が摩文仁の壕で自決

六・下旬　四人の特攻隊員、島から脱走

七・　二　米軍、沖縄作戦終了を宣言

八・一五　終戦

八・二三　アメリカ軍の捕虜となる。座間味収容所

九・中旬　屋嘉収容所

一一　強制労働はじまる

昭和二一・一　嘉手納収容所へ移る

一〇・下旬　復員準備のためにライカム収容所

一一・一五　復員（名古屋港）

〔参考文献〕

一、陸軍特別幹部候補生よもやま物語　浦田耕作　光人社
二、或る陸軍特別幹部候補生の一年間　福田禮吉　文芸社
三、ある沖縄戦　儀同保　日本図書センター
四、「マルレ」の戦史　儀同保　大盛堂出版
五、特攻・外道の統率と人間の条件　森本忠夫　文藝春秋
六、神風特別攻撃隊　猪口力平ほか　河出書房
七、これが沖縄戦だ　大田昌秀　琉球新報社
八、母の遺したもの　宮城晴美　高文研
九、沖縄・日米最後の戦闘　米国陸軍省　光人社NF文庫
一〇、沖縄戦・米兵は何を見たか　吉田健正　彩流社
一一、ぼくは日本兵だった　J・B・ハリス　旺文社
一二、アリランのうた　朴壽南　青木書店
一三、朝鮮人・軍隊・慰安婦　キム・ムンスク　明石書店
一四、沖縄俘虜記　宮永次雄　図書刊行会
一五、松木一等兵の沖縄捕虜記　松木謙治郎　恒文社
一六、日本兵捕虜は何をしゃべったか　山本武利　文藝春秋
一七、小説新潮「沖縄県・阿嘉島の夏」　本田靖春　新潮社
一八、「戦争・少年義勇隊」　読売新聞　読売新聞社
一九、強制連行の韓国人軍夫　琉球新報　琉球新報社
二〇、座間味村誌（下）戦争体験記　編集委員会　座間味村
二一、船舶特幹一期生会会報　船舶特幹一期生会事務局

【著者紹介】

深沢敬次郎（ふかさわ・けいじろう）
大正14年11月15日、群馬県高崎市に生まれる。県立高崎商業学校卒業。太平洋戦争中、特攻隊員として沖縄戦に参加、アメリカ軍の捕虜となる。群馬県巡査となり、前橋、長野原、交通課、捜査一課に勤務。巡査部長として、太田、捜査二課に勤務。警部補に昇任し、松井田、境、前橋署の各捜査係長となる。警察功労章を受賞し、昭和57年、警部となって退職する。平成6年4月、勲五等瑞宝章受賞。著書：「捜査うらばなし」あさを社、「いなか巡査の事件手帳」中央公論社（中公文庫）、「泥棒日記」上毛新聞社、「さわ刑事と詐欺師たち」近代文芸社、「深沢警部補の事件簿」立花書房、「巡査の日記帳から」彩図社　現住所：群馬県高崎市竜見町17の2

船舶特攻の沖縄戦と捕虜記

2004年7月28日　第1刷発行

著　者　深　沢　敬次郎
発行人　浜　　　正　史
発行所　株式会社　元就《げんしゅう》出版社
〒171-0022 東京都豊島区南池袋4-20-9
サンロードビル2F-B
電話　03-3986-7736 FAX 03-3987-2580
振替　00120-3-31078
装　幀　純　谷　祥　一
印刷所　中央精版印刷株式会社

ISBN4-86106-012-5　C0095